百年の秘密

欧州妖異譚16

篠原美季

white heart

講談社X文庫

目次

序章 8
第一章　まわる運命の輪 11
第二章　意外な事実 60
第三章　そして、パリへ 115
第四章　百年の秘密 173
終章 247
あとがき 252

CHARACTERS

ユウリ・フォーダム

イギリス貴族の父、日本人の母の下に生まれる。霊や妖精《ようせい》が見えるなど、不思議な力を持っている。

シモン・ド・ベルジュ

フランス貴族の末裔《まつえい》。実務に優れた美貌《びぼう》の貴公子。ユウリの親友で現在はパリ大学に在学中。

コリン・アシュレイ
豪商アシュレイ商会の秘蔵っ子。傲岸不遜《ごうがんふそん》で博覧強記《はくらんきょうき》。特にオカルトには強く興味をひかれている。
ナタリー・ド・ピジョン
シモンの母方の従兄妹《いとこ》。何かとお騒がせな美女。
アルフレッド・ロウ
ユウリの寄宿舎時代の同級生。タロット占いが得意。

イラストレーション／かわい千草《ちぐさ》

百年の秘密

序章

パリ九区。

殺風景な通りに面したアパルトマンの一室。

人の住んでいる気配《けはい》のないその部屋は、まるで時が止まっているかのようだった。

室内の壁一面に描かれたミモザの黄色い花々は、風にそよいだりすることなく、ただただ部屋を彩る飾りであり続ける。

窓から射《さ》し込《こ》む薄日。

宙を舞う埃《ほこり》が、きらきらと輝きながら床の上に堆積《たいせき》していく。

そこに時が存在するとすれば、それは、この静かに降り積もっていく塵芥《じんかい》が織りなす移ろいくらいのものである。

日々、忙《せわ》しなく変化し続ける世界から取り残され、訪れるものもないまま、世間から忘れ去られてひっそりと存在する異空間。

まさに、百年の眠りについた茨《いばら》の城のごとく――だ。

茨ならぬ、絵画のミモザに抱かれて見る夢とは、いったいどんなものであるのか。
まだかしら……。
まだ、来ない？
それは、何かの訪れを待ち望む想《おも》い。
運命が動き出し、閉ざされた部屋に風が吹き込む瞬間を夢に見る。

早く。
早く、来て。
ずっと待っているの。
孤独とともに。
忘れ去られた空間で。
出逢《であ》いの訪れを夢見ながら……。

飾り枠のある部屋の窓からは、曇天《どんてん》の下、通りを隔てた向かいの窓が見えている。
やがて春が来て、木漏《こも》れ日《び》のまぶしい夏が来て、葉の色づく秋が過ぎ、ふたたび灰色の冬が来ても、その部屋は、やはり変わりなくそこに存在し続けるのだろう。
静かに。
たゆたうように。
永遠を閉じこめたような空間で、それは夢を見続ける。
黄色いミモザの花に抱かれながら——。

第一章　まわる運命の輪

1

『それなら、ユウリ』

電話口から流れてくる貴族的な声を聞きながら、ユウリ・フォーダムは授業を終えたばかりのロンドン大学の構内を横切っていく。

煙《けぶ》るような漆黒《しっこく》の瞳《ひとみ》に絹糸を思わせる黒髪。

二月の冷たい風の中、人の流れを見定めるために左右に向けられた東洋的な顔は、決して人々の注目を浴びるほど整っているわけではなかったが、サンドベージュのマフラーから覗《のぞ》くほっそりとした首元に潜む清潔感が、他《ほか》の人間には決して真似《まね》できない独特な美しさを添えている。それに加え、英国貴族の家庭に育った品のよさが、彼を浮き世離れした存在に仕立てあげていた。

もっとも、ユウリを人一倍この世のものならぬ雰囲気《ふんいき》にしているのは、育ってきた環境ではなく、むしろ彼の持つ特異な能力のほうかもしれなかった。というのも、ユウリは俗にいう「霊能者」で、しかも、精霊の加護を受けるその力量は、計り知れない。

ただし、彼がその力を行使するのは、もっぱらその必要がある時だけで、彼自身は、「魔法使い」とも呼べるような能力があるからといって驕《おご》り高ぶることもなければ、利己的に使用することもなく、至ってふつうに日々を過ごしている。

ここぞという時以外は、自己主張をせずにいられる奥ゆかしさや謙虚さは、ユウリの持つ美徳の一つだ。

そんなユウリに対し、パリにいる電話の相手が流暢《りゅうちょう》な英語で続けた。

『いっそ、アンリと一緒に金曜日の午後にこっちに移動してきてもらって、ロワールに一泊するというのはどうだろう。そうすれば、プライベートジェットでコートダジュールまで行ける』

セレブなことをさらりと口にしているのは、パブリックスクール時代からの親友であるシモン・ド・ベルジュだ。

フランス貴族の末裔《まつえい》であるシモンは、ヨーロッパに名を轟《とどろ》かせる名門ベルジュ家の直系長子で、生まれもさることながら、ギリシャ神話の神々も色褪《いろあ》せるほどの美貌《びぼう》と才能を兼ね備えた最上級の貴公子である。もし、この世に「白馬に乗った王子様」が実在するとしたら、それは、間違いなくシモンだろう。

万事において控えめなユウリとは対照的に、どんなところにいても一瞬にして場の注目を集める王者としての道を、彼は誕生の瞬間から歩み続けている。もちろん、良家の子息らしい謙虚さは持ち合わせているが、決して奥ゆかしくはなく、明晰《めいせき》な頭脳がもたらす確固たる自信を持って自己主張できるところが、彼の長所の一つといえた。

そんな正反対な性質を持つユウリとシモンは、まさに、反対の磁極が引き合うように互いのことを崇拝し尊重し合っている。

そして、ロンドン大学とパリ大学という離れた学校に通うようになってからも、月に一度ないし二度くらいは、一緒に週末を過ごすほど仲がよかった。

今も、来週末、南仏で行われるミモザ祭に行くついでに、コートダジュールの別荘で過ごすベルジュ家の休日に同行するユウリと、その招待側《ホスト》であるシモンが、打ち合わせのための長距離電話をしているところだ。

その途中、当日の朝にロンドンから一人でニースに向かうと告げたユウリに対し、それならロンドンまで迎えに行くとシモンが申し出たため、そのことでしばらく押し問答を繰り返し、最終的に出された折衷案が、先ほどの「金曜日の午後に――」であった。

昨今は、ヨーロッパ各地でテロ活動が活発になっているため、どうやら単独行動を避けてほしいという思いが、シモンの中にはあったようだ。

「プライベートジェットねえ」

一緒に行くとなると、またファーストクラスのチケットを用意するなどと言い出すと思って断っていたユウリであったが、プライベートジェットなら、一人増えてもほとんど変わりはないだろうと思い、その案には乗ることにする。

正直に言えば、ロンドンからニースまでは、飛行機で二時間、パリからならおよそ一時間半という時間差なので、わざわざパリ経由にする必要はどこにもないのだが、それでシモンが納得するなら、ユウリとしてはそれでいい。

本来、独立独歩の気質が強く、まわりにいる友人にも似たタイプの人間が多いシモンであったが、ことユウリに関してだけは、過干渉といえるくらい過保護になる。

理由の一つとして、ユウリが庇護欲《ひごよく》をそそる存在だというのもあるにはあったが、それ以上に、これまでの経験上、ユウリから目を離すととんでもないことになるかもしれないという恐怖心があって、必要以上に神経質になってしまうのだ。

ユウリのほうでも、霊能力に関する事件が起きるたび、シモンにひどく心配をかけているという自覚があるため、こういう時、あまり強くは言い返せない。

それに何より、一緒にいられる時間が長くなるのは、ユウリにとっても嬉《うれ》しいことだった。

「それはいいかも」

　ユウリが納得すると、シモンがホッとしたように応じる。

『なら、決まりだね。金曜のうちにパリに来てもらって、一緒にロワールに向かおう』

　フランス北西部を流れるロワール河流域に広大な城を持つベルジュ家は、パリ市内にも別邸を持っていて、パリ大学に通うシモンは、平日のほとんどをその別邸で過ごし、週末になると城に戻る生活を送っている。

「わかった。それなら、近くなったら、また連絡をするね」

『うん。じゃあ、そういうことで――、あ、そうそう』

　切り際に、思い出したようにシモンが訊《き》く。

『アンリは元気にしている？』

「アンリ」というのは、シモンの一つ下の異母弟で、ロンドン大学に留学するため、去年の九月からフォーダム邸に居候《いそうろう》している。貴公子然としたシモンよりは幾分か野性味があり、とある事情でロマたちと過ごした幼い頃の経験が生きているのか、人との距離の取り方が絶妙で、ロンドンの生活にもあっという間に溶け込んだ。

　ユウリが、嬉しそうに報告する。

「うん。元気だよ。――なんか、すっかり大学にもロンドンの街にも馴染《なじ》んでいて、僕より詳しいくらい」

『ああ、だろうね』

弟の性格を熟知しているシモンが苦笑する気配がして、『まあ』とあっさり続けた。

『実際のところ、彼のことは、これといって心配はしていないし』

ユウリにしてみれば、自分の心配をしてくれるくらいなら、もっとアンリのことを心配してあげればいいのにと思うのだが、たぶん、干渉をあまり好まないアンリは、心配されたところで迷惑だろうし、何より、シモンは誰よりも異母弟であるアンリを信頼していて、たかが留学くらいで、何があるとも思っていないのだろう。

そういう意味では、他人には絶対に割り込めない兄弟間の信頼関係が、とても羨《うらや》ましく思えるユウリだった。

通話を終えたユウリが携帯電話をしまおうとしていると、切ったばかりの電話が新たに着信音を響かせる。

同時に誰かに肩を叩《たた》かれ、ユウリは二重に驚いた。

「わわ。——え？　うわ」

とっさに携帯電話を落としそうになり、まるで焼きたてのパンでも扱うように手の中で何度かバウンドさせていたユウリが、なんとかしっかり摑《つか》んだところで振り返ると、そこになんともお洒落《しゃれ》で洗練された赤毛の青年が立っていて、呆《あき》れたようにユウリのことを見おろしていた。

その場がパッと華やぐほどのオーラを放つ彼は、今を時めく英国俳優のアーサー・オ

ニールだ。ユウリやシモンと同じパブリックスクールの出身で、唯一、シモンと肩を並べられる逸材として知られた、まさに生まれながらのスターである。

炎のような赤い髪。

トパーズ色に輝く瞳《ひとみ》。

女性を惹きつけてやまない甘い顔立ちは、最近になって男の色気のようなものまで加わってきたようで、どんどん魅力的になっている。しかも、見目がいいだけでなく、教養も備える彼は、俳優業をこなすかたわら、ロンドン大学の学生として、しっかり勉学にも励んでいた。

そんなオニールが、呆れた表情のまま言う。

「……何をやっているんだ、ユウリ」

「何も。ただ、なんかびっくりして」

「ああ、そっか。もしかして、僕が脅かしてしまったんだな」

「そういうわけではないけど」

否定しつつ、ユウリは認める。

「……でもまあ、ちょっとはそうかも」

それから、改めて、彼を驚かせたもう一つの原因である携帯電話を確認すると、そこには意外な人物からのメールが届いていて、もう一度びっくりする。

「へえ、珍しい。ロウからメールだ」

「ロウって」

並んで歩き出したオニールが、記憶を探りながら応じた。そんな彼を、すれ違う女性が二度見していく。

「どこかで聞いたことのある名前だな。――もしかして、僕も知っている奴《やつ》？」

「どうだろう。アルフレッド寮《ハウス》にいたアルフレッド・ロウのことだけど」

「ああ」

そこで、合点がいったように、オニールが指先をパチンと鳴らした。

「アルフレッド寮の占い師――」

「……やっぱり、知っているんだ」

感心したように、ユウリが呟《つぶや》く。

ちなみに、アルフレッド・ロウも含め、彼らが在籍していたイギリス西南部にある全寮制パブリックスクール、セント・ラファエロには、全部で五つの寮があり、所属する寮によってかなりカラーが違ってくる。

どこのパブリックスクールでもだいたいそうであるが、卒業後に同じ学校出身であるとわかった際には、どの学年であったかより、どの寮に所属していたかのほうが、はるかに関心度が高い。

それくらい、学校生活における寮の存在は大きいのだ。

彼らの場合は、ロウがアルフレッド寮に所属していたのに対し、オニールはシェークスピア寮で、ユウリとシモンはヴィクトリア寮だった。

ついでにいうと、オニールとシモンは、それぞれの寮の顔ともいうべき「筆頭代表」にまで上り詰めたし、オニールに至っては、最終的に、選挙を放棄したシモンのバックアップを受け、全校生徒を統括する生徒自治会《スチューデントソサエティ》執行部の総長に収まった。

とどのつまりが、エリート中のエリートだ。

対するユウリとロウは、いちおう一般的な生徒に過ぎなかったが、そうはいっても、ユウリは、ヴィクトリア寮の監督生で、さらにシモンの親友ということで注目を浴びていたし、ロウはロウで、「アルフレッド寮の占い師」として、かなり全校生徒に名が知れ渡っていたようである。

そうなるに至った理由は、ロウの祖母がテレビ出演などで顔が広く知られている有名なタロット占い師であったことにあるのだろうが、ロウ自身も、幼い頃からタロットカードに親しんでいて、占いの的中率はかなりのものだった。

オニールが、「なるほど、アルフレッド・ロウね」と呟き、チラッとユウリに視線を流す。

「言われてみれば、ユウリ、一時、ロウと何かあったな」

「うん。たいしたことではないけど、知り合うきっかけはあったよ」

「でも、だからといって、そんなふうに相談事を持ちかけられるほど仲がよかったとは知らなかった」

どうやら、ユウリ宛《あ》てのメールをちゃっかり横から盗み読みしたようだ。しかも、そのことを悪びれるどころか、当たり前のように堂々と言ってのけるところが、なんとも彼らしい。

パリにいるシモンになり代わり、大学生活におけるユウリの庇護者を自任しているオニールは、その快活な性格のままに、シモン以上にあけすけにユウリの私生活に干渉してくることがよくあった。

それが、あまりにあっけらかんとしているため、ユウリも特に文句を言うでもなく受け入れてしまっているが、俳優業と勉学との両立で忙しいオニールには時間的制約があるからこそ成り立っていることであって、始終これであったら、さすがに、ユウリも少々辟易《へきえき》しただろう。

メールを見おろしたユウリが、「まあ、そうなんだけど」と言いながら、若干の戸惑いを隠せずに続ける。

「メールが来たのは、これまで数えるほどしかなかったし、正直、僕もちょっと驚いているんだ」

アルフレッド・ロウからの久々のメール。

しかも、内容は、相談事があるので連絡が欲しいというものだ。

ちなみに、ロウと最初に関わったのは、やはりユウリの霊能力が大いに関係することであり、逆にいうと、それ以外の繋《つな》がりは、彼との間にはいっさいない。

それを思うと、メールに書かれている「相談事」とはなんなのか、非常に気にはなったが、今は落ち着いて話が聞ける環境ではないため、夜に電話すると返信して、ひとまず携帯電話を閉じた。

今日はけっこう予定がつまっていて、このあと、オニールとその仲間たちが集ういつものカフェでお昼を食べたら、図書館でレポートを一つ仕上げ、さらに午後の授業を受けてから、明日の授業の予習もしなければならない。

そんなことを考えながらオニールと肩を並べて歩いていくユウリであったが、吹き過ぎた寒風の中に、ロウからのメールに潜んでいたなにがしかの兆しが感じ取れ、そわそわと落ち着かない気持ちにさせられた。

誰かに呼ばれているような――。

たゆたうような眠りの中で、誰かが何かの訪れを待っている。


……ねえ、まだ来ないの？

……こんなに長い間、待っているのに。

……私の声が、聞こえない？

2

その頃。

パリのマレ地区にあるレストランを、一人の青年が訪ねていた。

黒ずんだ外壁に歴史が刻まれたその店は、フランス革命からナポレオンの侵略、さらにナチスの時代も生き抜いてきたパリ屈指の老舗《しにせ》である。ドイツへと抜ける街道に近い立地であることから、かつては旅籠《はたご》として機能していたが、現在は一階部分でビストロを経営するだけとなっている。

昼時を迎え、店内は食事をしに来た観光客などで溢《あふ》れ返っているが、青年が通されたのは、喧騒《けんそう》から離れた二階の事務室である。そこに、この店の隠れた財産ともいうべきあるものが置いてあり、青年の目的はそれを閲覧することにあった。

長身痩軀《そうく》。

黒縁眼鏡《めがね》をかけ、長めの青黒髪を首の後ろで結わえた姿は、知的な研究者を思わせる。

だが、眼鏡の奥の底光りする青灰色の瞳には人を圧する鋭さがあり、目の前の書物のページをめくる様子にも、どことなく傲岸不遜《ごうがんふそん》で高飛車な態度が見え隠れする。

青年の名前は、コリン・アシュレイ。

英国随一の豪商として名高い「アシュレイ商会」の秘蔵《ひぞ》っ子《こ》だ。

他人をコケにしてはばからない、傍若無人《ぼうじゃくぶじん》が板についたような性格をしているが、頭《ず》脳明晰《のうめいせき》で博覧強記《はくらんきょうき》、中でもオカルトに関する造詣《ぞうけい》が深く、その豊富な知識を惜しげもなくさらして人々を魅了する姿は、まさに悪魔そのものである。

現在、学ぶことがないという理由で大学にも行かず、気の向くままに生きている彼がパリにやってきたのには、当然理由がある。

先ほどから、彼が無雑作にページを繰っている書物は、この店が旅籠を兼ねていた頃の宿帳で、黄ばんだ紙にインクで書かれた細かい文字を、彼は恐ろしいスピードで検分していた。

やがて、その手がある箇所で止まり、眼鏡の奥の瞳がスッと細められる。

「……なるほど」

満足げに呟いたアシュレイは、顔をあげ、考えに浸りながら近くに置いてあったスマートフォンに手を伸ばす。

開いたページを写真に撮り、さらにどこかにメールしつつ呟く。

「マリー・ルブラ——」

と、その時。

ランチ時の混雑が過ぎ、階下の店が落ち着いたらしく、店主がロゴ入りのコーヒーカップを手にあがってきた。

「やあ、どうだい？」

顎鬚《あごひげ》を生やした人のよさそうな店主は、アシュレイにカップを手渡しながら尋ねた。

「目当ての人物は見つかった？」

カップを受け取ったアシュレイが、日頃の高飛車な態度を引っ込め、研究者らしい態度を装って言い返す。

「ばっちりだ。上々の結果が得られたよ」

「そりゃ、よかった」

どこか誇らしげな様子で頷《うなず》いた店主が、「あんたみたいに」と続ける。

「宿帳を見たいと言ってくる研究者はけっこういてね。――しかも、たいていの場合、そこに歴史の一幕を発見して帰っていく。うちは、パリの歴史そのものなんだ。それは、何にも代えがたい財産だよ」

「ああ」

短く頷いたアシュレイに、店主が「それで」と確認する。

「このあと、下の食堂で、うちのもう一つの財産を味わっていく気はあるのかい？」

歴史的価値も高い店だが、それ以上に、味のよさが評判のビストロである。

「当然」

スマートフォンをしまいながら頷いたアシュレイが、「ここまで来ておいて」と付け足した。

「食事をしていかない人間がいたら、それはもう『愚か者』としか言いようがない」

「そのとおり」

そこで、広げた資料を手早く片づけたアシュレイは、店主のあとに続いて階段をおりていった。

3

その夜。

ハムステッドにあるフォーダム邸の書斎でロウからの電話を受けたユウリは、本の背表紙に手をかけたところで、「え?」と驚いて動きを止めた。

「遺産相続——?」

同じ部屋で、ソファーに座って本を読んでいたアンリ・ド・ベルジュが、目をあげて興味深そうにユウリの後ろ姿を見つめる。

本棚の前で電話に集中したユウリが、すぐに続けた。

「君が?」

『まさか』

電話の向こうでは、久しぶりに話す旧友があっけらかんと応じる。

『両親が健在なのに、そこをすっ飛ばして俺が相続するわけがないじゃん』

「……まあ、そうか」

だが、それなら、なぜそんな話をしてきたのか。

ロウが、説明する。

『相続したのは、ばあちゃんなんだ』

「それって、占い師のバーバラ・コール？」

『そう。――どんだけ、財産を増やす気かって感じだろう？』

それはわからないが、今の言い分から察するに、著名な占い師は、やはりそれなりに儲《もう》かっているようだ。

ユウリが苦笑して、取り出そうとしていた本をいったん本棚に戻す。

「知らないけど、それで、僕に相談というのは？」

『ああ、えっと。何から話せばいいんだろう。――まず、そう、亡くなったのは、ばあちゃんの遠い親戚《しんせき》で、カンヌだかニースだか、あのあたりで一人暮らしをしていた女性らしいんだよ』

近くのソファーの背に腰かけたユウリが、意外そうに確認する。

「え、もしかして、フランス人？」

『だろうね』

「それなら、バーバラ・コールって、実はフランス人の血が混じっているんだ？」

『いや。それはないな』

ロウがあっさり否定する。

「でも、親戚はフランス人なんだよね？」

『だから、遠い親戚だって言っているだろう。なんだっけなあ、ばあちゃんの、今は亡きお祖父さんの兄弟のお嫁さんの妹だか弟のなんちゃらかんちゃらって、そんな感じでよく覚えてないけど、それくらい関係性の薄い人で、もちろん、ばあちゃんだって会ったことがない』

「へえ」

そんな話もあるのだと感心しつつ、ユウリは続きに耳を傾ける。

『でもまあ、相続できるものがあるなら相続しようということになって、手続きに行くことになったのはいいんだけど、正直、家族でまともにフランス語がしゃべれる人間はいないし、信頼できる弁護士の知り合いもいない。それで、さて、どうしようかという段になって、ばあちゃんが、フォーダムのことを思い出して』

あまりにも唐突に話題の中に出てきた自分の名前に、それまで「ふんふん」と話を聞き流していたユウリが「え?」と驚く。

「なんで、そこで僕?」

『さあ。わからないけど、問題解決能力があるとでも思ったんじゃないか』

いい加減なことをのたまったロウが、『実際』と明るく続ける。

『言われてみて思ったんだけど、フォーダムには無理でも、フォーダムの近くには、とんでもなく問題解決能力に優れている人間がいたことを思い出して、ちょっと相談に乗ってもらえないかと考えたんだ』

彼の言う「問題解決能力に優れている人間」というのは、間違いなくシモンのことを指している。

だが、ユウリとしては、大学生になり、さらに忙しくなっているシモンにあまり負担はかけたくない。

ユウリが電話を持ったまま悩ましげな表情になるのを、ソファーに座ったアンリが首を傾《かし》げて眺めやる。ユウリ側の会話だけではどんな流れになっているのかさっぱりわからなかったが、どうやら、ユウリが少々困った立場に追いやられているらしいことは見て取れる。

ユウリが言った。

「でも、シモンはあまり時間が取れないし、かといって、僕もそれほどフランス語が堪能《たんのう》なわけではないから」

『わかってるって』

ロウが、事情を踏まえていると言いたげな重々しさで応じる。

『俺だって、それくらい理解しているけど、ばあちゃんがさ、代わりにフランスに行って手続きをしてきてくれたら、相続する遺産の半分を、俺名義の信託財産にしてくれるって言っているんだ。――すごくない？』

「すごいね」

『となると、俺としては、なんとしても、自分の手で片をつけたいって気になるのは、わかるだろう？』

「……まあね」

『だから、図々《ずうずう》しいのは承知の上で、なんとかベルジュに頼み込んで、信頼できそうな弁護士を紹介してもらえないかと思ったんだ。こんなこと、めったにあることではないし、昔馴染みのよしみでなんとかならないかなあって。――あ、もちろん、英語も話せて、イギリスの法律にもある程度精通している弁護士という条件付きだけど』

「……弁護士を紹介か」

シモンにまるまる問題を投げるわけではないと知り、ユウリはちょっとホッとする。そんな頼み事は絶対に受けられないし、受ける気もなかったが、弁護士を紹介するくらいであれば、シモンなら片手間にきちんと処理してくれそうである。

なんだかんだいっても、心底頼りになるのがシモンだからだ。

そこで、ユウリが無意識にアンリに視線を流すと、漏《も》れ聞《き》こえる会話だけで多少の事情を察したらしく、小さく両手を開いてみせた。

それくらいならシモンにはわけないことで、負担にはならないと言いたいのだろう。

頷いたユウリが、ロウに対して言う。

「わかった。弁護士を紹介するくらいなら、たぶん、大丈夫だと思う。すぐに、シモンに連絡してみるよ」

『マジ?』

「うん」

『助かる』

本気でホッとしている様子が伝わり、ユウリが小さく笑って「それで」と具体的なことに踏み込む。

「手続きに向かうのは、いつ?」

『今週末なんだけど』

「急だね」

『うん。──でさ、その際、俺、一人で南仏に行くことになるわけだけど、正直、イギリスを出たことってほとんどないし、行く時は、いつも家族とか年上の友人とかが一緒だったから、行くだけでもけっこう不安なんだよね。──フランス語も、ちんぷんかんぷんだし』

「それは大変そう」

『そう。だからさ、フォーダム、この際、乗りかかった船だと思って、後生《ごしょう》だから現地まで一緒に行ってくれないか?』

「――はい？」

突然のことに、一瞬意味のわからなかったユウリが、「僕が？」と確認する。

『そう』

「君と一緒に？」

『うん』

「なんで？」

『だから、一人で行くのが不安だから。――だって、こんなこと頼めるの、フォーダムくらいしかいないし、いちおう、フォーダムって、昔からフランスにはしょっちゅう行っているみたいだったから、ある程度は土地勘もあるだろう？』

「ないよ。――特に、南仏はほとんど行ったことがない」

だが、考えてみれば、来週末、シモンと一緒にミモザ祭に行くのに、最初は自力でニースまで行こうと考えていたので、下調べはばっちりしてある。なので、行くことに不安はなかったが、だからといって、二週連続で、南仏に飛ぶのもどうだろう。

それに、来週末、シモンと心置きなく遊べるよう、今週は、かなりタイトに授業の予習やレポートを片づけることにしている。

ユウリが考えている間にも、ロウが『でもでも』とせがむように切り込んだ。

『いちおう、フォーダムはフランス語をしゃべれるんだよね？』

「……まあ、旅先の日常会話くらいなら」

『だったら、一生のお願いだよ。もちろん、フォーダムの分の旅費はうちのばあちゃんが出してくれるし、報酬として、それなりの礼はする』

「いや、そういうのはいいんだけど」

『いいならいいけど、とにかく、今回のケースみたく、微妙な調整が必要な、隠れた問題があるかもしれない運命の動きには、カップの中で跳《は》ねる魚に象徴されるような、目に見えない世界を見つめることができる少女――あるいは少年の力が、きっと必要になってくるはずなんだ』

「え、え、ちょっと待って」

途中から、急に訳のわからないことを言い出したロウに対し、ユウリが戸惑って訊き返した。

「カップの中で跳ねる魚が、なんだって？」

『だから、カップの中で跳ねる魚を見つめる従者《ペイジ》だよ。――騎士《ナイト》の下にいる』

「それ、なんの話？」

『わからない？』

試すように尋ねられ、少し考え込んだユウリが「もしかして」と確認する。

「ロウ。タロット占いをやった？」

『やった』

「それで、今言ったのが、その結果？」

『そうだよ』

認めたロウが、『占いによれば』と続ける。

『今回のケースは、過去に死者が絡んでいて――これは、もちろん、目的が遺産相続であれば、発端《ほったん》が人の死であるのはしかたない』

「だね」

『で、その人の死によって、一つの運命が動き出したわけだけど、これには隠れた問題が潜んでいて、それを明確にしない限りは、大団円には辿《たど》り着かないみたいなんだ』

「隠れた問題？」

繰り返したユウリが、興味をそそられたように訊き返す。

「それって、どんな？」

『さあ。現段階では、隠れているわけだから、俺に訊かれてもわからないよ。ただ、それを解くために必要となってくるキーパーソンが、今言った、カップの従者なわけ』

「ふうん」

『「ふうん」って他人事《ひとごと》のように聞いているけど、言ったように、俺の知っている人間の中でカップの従者に最も近いのは、フォーダムだし、もしかしたら、ばあちゃんの中でも、同じような予兆があったのかもしれない。——なにせ、あの人くらいになると、卑近な問題については、いちいちカードを引かなくても、観想するだけで、絵柄が頭に浮かぶらしいから』

「そうなんだ」

それは、さすが、天下の「バーバラ・コール」である。

とはいえ、誉《ほ》めてばかりもいられない。

ロウが言うことが当たっているなら、ユウリが呼ばれたのは、フランスに通じているという単純な理由からではなく、運命に呼び寄せられた形になるわけで、見えない糸に手繰《たぐ》り寄せられた先には、どんな結果が待ち受けているのか。

「つまり、ロウの予想として、これは、ただの遺産相続だけではないと？」

『ぶっちゃけ、そうなりそうだよ。——だから、やっぱり、フォーダムが一緒に来てくれるのがいちばんいい気がするんだ』

「……なるほどねえ」

人を面倒事に巻き込もうとしながら、まったく悪びれないどころか、悪気すら感じられない天真爛漫《てんしんらんまん》さに、ユウリはすっかり毒気を抜かれてしまう。

案外、確信犯のアシュレイなどより、この手の人間のほうがやっかいかもしれなかったが、人の好《よ》いユウリは、気づけば、今週末、一緒に南仏に行くことを了承していた。

4

「弁護士の件は了解したけど」

パリ十六区。

高級住宅街であるパッシー地区の一角を占めるベルジュ家の別邸で、ユウリからの電話を受けたシモンは、それまで見ていた資料の束をおろし、ソファーの背に寄りかかって話し込む。

「本気で、君も一緒に行くのかい？」

『……うん。成り行き上』

呆れられるだろうとわかったうえで応じたユウリの口調で、この件が覆《くつがえ》ることがないと察したシモンは、小さく溜《た》め息《いき》をついて、闇《やみ》に沈む中庭へと視線を向けた。

何かが起きる時というのは、決まって急だ。

なんの前触れもなく、突然襲ってくる。

この件にしたって、昼間、電話で話した時は微塵《みじん》も話題にあがらなかったことで、予測などつくわけがない。

もっとも、だから、人生はおもしろいともいえる。

もちろん、致命的な喪失にならない限りは――の話だが。

白く輝く金の髪。

南の海のように澄み切った水色の瞳。

寸分の狂いなく整った顔は、まさに神の起こした奇跡のようである。

シモンが、その誰もが見惚《みと》れずにはいられない麗しい顔を室内に戻した時、部屋のドアをノックする音とともに眼鏡をかけた切れ者風の青年が顔を覗かせた。

それを指先一つで押《お》し留《とど》めて追いやると、シモンはユウリとの会話を優先する。

「それなら、宿はどうするんだい。――もう、決めた？」

尋ねたシモンが、「よければ」と続ける。

「コートダジュールの別荘を今週末から使えるようにしてもいいし、カンヌに近いようなら、定宿を手配するよ」

『ありがとう。でも、大丈夫』

断ったユウリが、『今回は』と説明した。

『いちおう、バーバラ・コールがスポンサーらしいので、今、アンリに、学生二人が宿泊するのに適したところを探してもらっているんだ』

「そう」

シモンとしては、もう少しセキュリティーレベルの高い宿に泊まってほしいところであったが、アンリが探しているのであれば、たとえ安くてもきちんとしたところを選ぶだろうと考え、任せることにする。

ただ、それにしても――である。

「わざわざユウリが行かなくても、弁護士と一緒に通訳くらい手配したんだけど」

『……まあね』

応じるユウリの歯切れが悪くなるのは、タロットの件をシモンに話していないせいである。その話をすれば、シモンがよけいな心配をするのがわかっているので、口が裂けても言えなかった。

『でも、なんだかんだ言っても、僕だって、久しぶりにロウに会えて嬉しいし、目的はなんであれ、道中は、ふつうに旅行気分になれると思うから』

「ふうん」

電話しながら肩をすくめたシモンが、「それなら、とりあえず」と事務的なことを告げる。

「弁護士を手配する前に、費用を含めた具体的なことを一度ロウと相談したいから、彼の電話番号を教えてくれるかい？」

『わかった』

ユウリの告げた電話番号を空で暗記したシモンは、電話を切ると、すぐに教えてもらった番号にかけ直す。

だが、数コールののちに留守番電話に切り替わったため、メッセージを残して電話を切った。そのまま、ソファーの上で考え事に浸っていると、ふたたびノックの音がして、先ほどの青年が「失礼します」と言いながら入ってくる。

「シモン様、もうよろしいですか?」

「ああ、悪かったね、モーリス」

髪をビジネスマン風に梳《す》き上げた、いかにもやり手な印象を受ける青年は、シモンの個人秘書を務めるモーリス・ブリュワだ。

もっとも、まだ学生であるシモンに常に付き従っている必要はないため、日頃は、シモンの父親の第一秘書であるジョナタン・ラロッシュの下で修業している。

学生時代から付き合いがあったというベルジュ伯爵とラロッシュの、互いに対する信頼は厚く、シモンに惚れ込んでいるモーリスとしては、将来、自分こそが、ベルジュ伯爵にとってのラロッシュのように、シモンの懐刀《ふところがたな》となるべく日々努力していた。

だが、自立心旺盛なシモンは、なかなかモーリスに個人的なことまで踏み込ませてくれず、さらに、ユウリが関係することで、いろいろと問題が複雑化してしまう傾向にあるため、前途多難だ。

モーリスが、タブレット型のパソコンを操作しながら尋ねる。

「お電話、ユウリ様からですか?」

「うん」

「また、何か問題でも?」

「また」というところに、少々力がこもっていたモーリスを水色の瞳で眺めやり、シモンがつまらなそうに言い返す。

「別に、ユウリが、いつも僕のところにやっかい事を持ち込んでくるわけではないよ。

——というより、むしろ、僕に迷惑がかからないよう、ユウリはいつも気を回している」

それがシモンにはどうにも歯がゆくてしかたないのだが、モーリスはそう思っていないことが言葉の端々から伝わるため、シモンとしては、なかなかプライベートなことにまで踏み込ませられずにいる。

「そうですね。申し訳ございません」

失言を謝ったモーリスが、「それで」と続ける。

「今週末のことですが、出席者名簿には目を通されましたか?」

「うん」

頷きながら、気が進まなそうに投げ出したままの資料を指先でペラッとめくるシモンを見おろし、モーリスは眼鏡を押し上げながら念を押す。

「もちろん、当日は、私も会場におりますので、挨拶《あいさつ》が必要な人間を見つけたら、すぐにお知らせしますが――」

だが、そこで指をあげたシモンが、「父の名代としての取引先への挨拶は」と告げる。

「僕のほうで適当にやっておくから、君には、別件で、ちょっと頼みたいことがある」

「――別件ですか？」

不審げに繰り返したモーリスに対し、水色の瞳を細めたシモンが、「そう」と頷いて、テーブルの上で鳴りだしたスマートフォンを手に取った。

「今の君に、ぴったりの仕事だよ」

5

ユウリとの電話を終えたあと、学生寮の食堂に向かっていたアルフレッド・ロウは、歩きながらポケットで鳴りだしたスマートフォンを取り出し、発信者を確認する。だが、表示されていたのは知らない番号であったため、彼は出るのをやめて様子を窺《うかが》うことにした。本当に用のある人間なら、メッセージを残すと考えたからだ。

昨今、へたに知らない番号からの電話に出たりすると、思わぬトラブルに見舞われたりする。

平穏に生きていくためには、何かと用心が必要だ。

ハシバミ色の瞳がやんちゃ小僧のように輝いている、一見すると落ち着きがなさそうなロウであるが、眼鏡の一つでもかければ、案外知的にも見えるどっちつかずの顔立ちをしている。

沈黙したスマートフォンを手に食堂に入った彼は、「よ、ロウ」と声をかけてきた友人に適当に挨拶を返しながら、残されたメッセージを再生した。

流れてきたのは、仰天《ぎょうてん》するようなものだった。

やあ、ロウ。ベルジュだけど。

とたん。

ロウはピタリと立ち止まり、その場で「気をつけ」の姿勢を取った。シモンを知る彼にとっては、学長に呼び出されるよりはるかに緊張する出来事だった。

そんなロウを、周囲の友人たちが奇妙そうな目で見る。

「──何やってんだ、ロウ?」

「お叱《しか》りの電話か?」

「彼女との約束でもすっぽかしたんだろう」

だが、ロウは固まった表情のまま、「しっ」と言って唇に指先を当て、神妙にメッセージに聞き入る。

久しぶりだね。ユウリから話を聞いたよ。そのことで、一度、君と直接話したいので、折り返し連絡をくれるかい?

なんともシモンらしい、流暢な英語でのスマートなメッセージだった。それなのに、ロウは、まるでフルマラソンを走ったくらいの疲労感を味わう。

メッセージが途切れたあとも、しばらく固まったまま動かずにいたロウが、ややあって大きく息を吐く。

「……ああ、びっくりした」

たしかにユウリを通じて頼み事をしたとはいえ、まさか御大《おんたい》みずから連絡があるとは、夢にも思っていなかったのだ。

「……でも、そうか、そうだよな」

他でもないあのシモンが、この手の面倒事を、いつまでもユウリの上に置いたままにするわけがない。

「考えてみれば、当たり前のことじゃないか～」

スマートフォンを見つめたまま独り言を呟き始めた彼を、もはや友人たちは呆れた様子で相手にしていない。

ただ、突っつき合って、小さく笑い合っている。

そんな彼らにチラッと視線を流し、ロウはふたたび大きく息を吐く。

彼らは、知らないのだ。

今、ロウがどんな人物から連絡を受け、これから、どれほど大汗をかく電話をしなければならないかを――。

それを思うと、周囲の連中のからかいなど、蚊に刺されたくらいのものである。

「うわあ、どうしよう。まさか、フォーダムに変な頼み事をするなって、直接怒られるんじゃないだろうな。う〜ん、こええ。……無視しようかな。――いや、でも、絶対またかかってくるし、なんといっても、こっちから言い出したことに応えないのは、いちばんまずいだろう。――ていうか、前から思っていたけど、なんで、フォーダムは、ベルジュなんかとふつうに話ができるんだ。通常の感覚の持ち主なら、気圧《けお》されるだろう。わからないけど、よっぽど鈍いんだな。――きっとあいつ、大天使が降りてきて隣に並んで話しかけても、バカみたいにあっけらかんとしゃべるに決まっている」

そんなことをうだうだ言っていたが、先延ばしにしたところで、自分が追い込まれていくだけなのはわかっているので、ロウは「ええい、ままよ」と叫んで、するんとリダイヤルした。

もう後には引けない。

数コールののち、パリにいるシモンと電話が繋がる。

『ベルジュ』

聞いたばかりであるが、その貴族的な声にロウの緊張が高まる。

「あ、あ〜〜、えっと」

『ロウだね。やあ』

「やあ、ベルジュ。……えっと、今回は変な頼み事をしてしまって悪かった」

『構わないよ。ただ、あまりにも漠然としていたので、費用など具体的なことを聞いておきたいと思って。――あと、遺産を残した人の名前とか教えてもらえると、いろいろとこちらでも準備ができるから』

「――そうか」

ロウが、意外そうに相槌《あいづち》を打つ。

てっきり断りとお叱りの電話だとばかり思っていたが、シモンは、以前と何も変わらない、誰からも頼りにされる同窓生として、ロウの前に存在した。

「それなら、紹介してもらえるんだ?」

『もちろん。僕が信頼している人物を送るよ』

シモンが信頼している人間なら、まず間違いなく頼りになる。

それが、どれほど心強いか。

「ありがとう。すごく助かる」

『お安い御用だよ』

友好的に応じたシモンが、そこで若干口調を苦いものに変えて、「なんと言っても」と付け足した。

『ユウリが、とても前向きに取り組んでいるようだからね。――それで、今週末は、ユウリも一緒に行くそうだね?』

「ああ、うん」

応じながら、「そうか」とロウは今さらながら、悟る。

（むしろ、地雷はこっちか）

ユウリを連れ出すことにあまり賛成していない様子のシモンに対し、焦ったロウは墓穴を掘る。

「――ほら、なんと言っても、あいつ、お人好しだから」

とたん、間髪を容《い》れずに嫌味が返った。

『それがわかっていて、利用するのもどうかと思うけど』

「そうだけど、違う、言い方を間違えた、優しくて友達想《おも》いって言いたかったんだ」

『そうだね。もちろん、君にまったく悪気がないのは、よくわかっているよ。だから、僕だってこうして協力するわけだし。――ただまあ、言わせてもらえば、優しすぎるのもどうかと思うってことなんだ。なにせ、それに付け込む奴は、後を絶たない』

「だね」

耳が痛い話である。

そこで、ロウは強引に話の向きを変える。

「えっと、それで、そうそう、ばあちゃんに遺産を残した人だけど、名前は、たしか『カトリーヌ・ルブラ』というんじゃなかったかな」

『「カトリーヌ・ルブラ」ね』

「いちおう、ばあちゃんに確認して、違うようならメールする」

『わかった』

その後、弁護士報酬など具体的なことをいくつか相談し、ロウは、人生でいちばん緊張した電話を終えた。

6

冷たい風が吹きすさぶ木曜日の午後。

パリの街中にあるカフェに、一人の青年の姿があった。

長身痩軀。

長めの青黒髪を首の後ろで結び、異国の地にあってもわが物顔で座っているのは、言わずと知れたコリン・アシュレイだ。

テーブルの上には、フランスパンにハムとチーズを挟んだシンプルなサンドウィッチと、なみなみとカフェオレの注がれた大きなカップがあり、その間を埋め尽くすように数冊の本と資料の挟まったファイルが置かれている。

カルチエ・ラタンの裏通りに面したカフェは、昼時を過ぎて少し客足が遠のいたところで、ゆっくりするのに都合がいい。近くには、観光客に知られた老舗《しにせ》カフェが軒《のき》を連ねているが、そちらは時間帯に関係なく年がら年中混み合っていて、忙《せわ》しないギャルソンたちもそっけない。それに比べると、ここは、地元のパリっ子たちが集う場所ということもあり、ギャルソンも気さくで驕りがなかった。

そこで、珍しく比較的まったりとした時間を過ごしているアシュレイは、資料の一つに目を通しながらサンドウィッチを手に取って食べた。フランスパンの香ばしい味がハムとチーズと溶け合い、なんとも絶妙な味わいである。

それを楽しみつつ資料のページをめくったところで、アシュレイの動きが止まる。

彼が読んでいる資料は、配下の者に某人物の追跡調査をさせたことへの詳細な報告書であったが、そこに予想もしなかった人物の名前を見つけたのだ。

「……バーバラ・コール？」

いったい、なぜその名前が出てきたのか。

興味を覚えて、資料に見入る。

と、その時。

ふいに、彼の上に影が落ちた。

ほぼ同時に、テーブルの上に広げてあった本のページを、長く器用そうな指先がスッと降りてきて押さえつける。

いったい、どこの愚か者が、彼の時空を侵そうとしているのか。

険呑《けんのん》に見あげたアシュレイの前に、まさに大天使が降臨したかのような神々しい姿のシモンが立っていた。

冬枯れた景色に映える白いカシミアのコート。

金と水色が絶妙な色合いを醸《かも》し出す髪と瞳。

その高雅で優美な姿に、まわりのテーブルにいる女性客の注目が一気に集まる。

だが、そのあでやかな姿になんの感動も覚えないアシュレイは、鬱陶《うっとう》しそうに軽く眉《まゆ》をあげて文句を言う。

「これはまた、ド派手な登場で人の神経を逆撫《さかな》でしてくれるもんだな、ベルジュ」

「どうも、アシュレイ」

応じるシモンの表情も、知的な貴公子から、冷たい実業家のものになっている。

パブリックスクール時代、同じ寮の先輩後輩であった彼らであるが、その関係性は複雑を極め、一言ではどうにも説明のしようがない。

それでも、あえて一言で言うなら、「天敵」と表現するのが最も正確であろう。

オカルトに造詣の深いアシュレイは、在学中から凄《すさ》まじい霊能力を発揮していたユウリに目をつけ、おのれの興味の赴《おもむ》くままに利用してきた。天才的な頭脳を持つ彼にとって、現実世界は退屈でしかたなく、ユウリのまわりで巻き起こる超常現象に関わるのが、何よりも楽しいことだった。

だが、そのたびに命の危険にさらされるユウリはたまったものではなく、まして、ユウリの身を心から案じるシモンにとって、そんなアシュレイはまさに「災厄」を身にまとった悪魔以外のなにものでもない。

またアシュレイのほうでも、たいていの人間は軽く足蹴《あしげ》を食らわせればねじ伏せられるのに、ベルジュ・グループという強大な組織力をバックに持つシモンだけは簡単に追いやることができず、さらに、ユウリが絶対的な尊敬を持ってシモンを慕っているため、まさに目の上のたんこぶのように疎《うと》ましい存在となっていた。

互いが互いを鬱陶しく感じる在り方は、それぞれが卒業した今も変わらず、シモンが常に警戒しているのが、このアシュレイの動向であった。

ただ、孤高を好むアシュレイを監視するのは難関中の難関で、居場所はおろか、連絡先すら把握するのは難しい。

そのアシュレイが、パリの、しかも現在のシモンの領域《テリトリー》ともいえるカルチエ・ラタンに現れたとあっては、心穏やかではいられない。まして、今週末は、ユウリがシモンとは別行動でフランス入りすることになっていて、神経質にならざるをえなかった。

もちろん、ユウリの行き先は、パリを飛び越えカンヌの近くの小村となっているが、それでも油断できないのが、アシュレイという男だ。

そこで、姿を見かけたのを幸い、こうして様子を窺いに来たというわけである。

シモンが続ける。

「こんなところでお目にかかれるとは思いませんでしたよ。——お元気そうで何より」

それに対し、底光りする青灰色の瞳を細めたアシュレイが、嘲《あざけ》るように応じた。

「もしかして、そんなつまらないことを言うために、俺の邪魔をしに来たのか？」

「まあ、そうですかね。――でも、そもそも、久しぶりに見かけた知人のところに挨拶に来るのが、そんなに悪いことですか？」

言いながらも、シモンの澄んだ水色の瞳は、油断なくアシュレイの前にある資料や本の上に向けられている。

そんなシモンの指の下から奪い返すように本を取り上げると開いたまま伏せ、アシュレイは「へえ」と嫌味全開の声で言い返した。

「お前が、それほど友好的だったとはついぞ知らなかったよ」

「僕は、いつだって友好的ですよ」

答えたあと、椅子《いす》を示して尋ねる。

「それはそうと、座っても構いませんか？」

「まあ、いつまでもそうして突っ立っていられるよりは、マシだな。――だが、言っておくが、俺の一分一秒は、高いぞ」

「知っています。――そもそも、こちらとしても、長居をする気はありませんから」

応じたシモンが、注文を取りに来たギャルソンに、ひとまずカフェオレを注文する。飲む時間があるとは思えなかったが、座るからには当然だ。

ギャルソンが消えたところで、「で？」とアシュレイが訊く。

「俺になんの用だ？」

「それは、こっちの台詞《せりふ》でしょう。――いったい、なんの用があって、パリにいらしたんです？」

　とたん、アシュレイが眉をひそめてシモンを見る。

「お前、頭でも打ったか？」

「いいえ」

「なら、今すぐ、脳ドックにでも行ってこい」

「ご心配には及びませんよ。健康診断なら定期的に受けています」

「だったら、そんなマヌケな質問はよすんだな。時間の無駄だ」

　たしかに、アシュレイの時間をいたずらに侵害するのは、シモンといえどもかなりのリスクを伴う。だが、多少のリスクを冒しても、ユウリのことを思えば、禁域に踏み込む以外になかった。

　そこで、肩をすくめたシモンが、ギャルソンの運んできたカフェオレを前に心持ち身を乗り出して、「それなら」と尋ねる。

「こう伺いましょうか。――バーバラ・コールがどうしたんです？」

　それは、アシュレイに声をかける寸前に聞こえた名前だった。

　呟き声だったので正確には聞き取れなかったが、このタイミングだったために、すぐにピンときた。なんといっても、明日、ロウと一緒に南仏に渡るユウリは、見方を変えれば、バーバラ・コールの使いともいえるからだ。

アシュレイが、小さく舌打ちする。

「――それが、お前になんの関係がある？」

「もちろん、まったく関係はありませんし、できれば、ユウリとも関係なくあってほしいものですよ」

そう告げたシモンの澄んだ水色の瞳には苛烈《かれつ》な感情が秘められていたが、アシュレイは鼻で笑って、その牽制《けんせい》を跳ね返した。

「なるほど。つまり、お前は最初からそれが言いたかったんだろうが、やはり時間の無駄だったな。――重々知っていると思うが、俺は、好きな時に好きなようにあいつを呼び出す権利があるし、そのことでお前にとやかく言われる筋合いはない。――むしろ」

そこで、底光りする目でシモンを見返したアシュレイが、低く告げる。

「お前こそ、俺の邪魔をするなよ」

「さあ。それこそ、約束はしかねます。――それに、言わせてもらえば、ユウリは貴方《あなた》の所有物ではありませんよ」

「そうだったか？」

人を物扱いしておきながら、図々しくも撤回しない相手を冷たく見流してから立ちあがったシモンが、「たしかに」と続けた。

「貴方のおっしゃるとおり、時間の無駄だったようですね。これこそ、まさに卵とニワトリ状態だ」

「ああ」

同意したアシュレイが、「それと」と踵《きびす》を返《かえ》したシモンの背中に叩きつける。

「次に、どこかのカフェで俺を見かけても、無視して通り過ぎろ。——言っておくが、お前にだって、俺は、俺と同席できる特権を与えてやった覚えはないからな」

相も変わらぬ傲岸不遜さであったが、それに対し、背中を見せたまま小さく指を振ったシモンは、口中で「『ダーム・デュトワ』ね」とアシュレイが手にした資料に辛《かろ》うじて読み取ることのできた名前を頭に叩き込みながら、悠然と店を出ていった。

第二章　意外な事実

1

金曜日の夜にロウと南仏入りしたユウリは、学生が泊まるには少々贅沢《ぜいたく》な、だが、ふだん両親やベルジュ家の人間と過ごすようなところに比べると、かなり質素なプチ・ホテルで、年相応の楽しい一夜を過ごした。

ほどほどのお酒と南仏料理。

尽きることのないパブリックスクール時代の思い出話。

すべてが等身大で、気安く、学生というのはかくあるべしというのを、ひしひしと感じさせる一夜だった。

逆にいうと、いつの間にかユウリは、染まるまいと思っていたシモンの生活レベルにすっかり慣れきってしまっていたということである。

（う～ん、そうか……）

これは、少し気を引き締めたほうがいいのかもしれない。

そんな反省を、翌朝、早くに目が覚め、まだロウが寝ている部屋のバスルームで顔を洗いながら、ユウリはしたのだが、本来、ユウリ自身も英国貴族の子息であり、父親は、現代のオピニオン・リーダーとして、各国の主要機関がその発言に注目するほど高名な科学者であれば、セレブ生活が身に染みついていてもおかしくはなかった。

そして、実際、父親のレイモンド子爵は、ユウリが一人で渡航する際もビジネスクラスを使うよう、再三告げているのだが、ユウリは、自分でチケットを手配する時は、決まってエコノミークラスにする。

本人が稼いで、それだけの地位を築いている父親なら当然でも、その息子でしかないユウリがビジネスクラスを使う意味がわからなかったし、小柄で若いユウリは、エコノミークラスで過ごすフライトに不自由を感じたことはいっさいなかったからだ。

そういう意味で、今回の宿は、気張らず、そうかといって、ある程度贅沢な暮らしに慣れている彼らにとっても決して居心地は悪くないもので、そのあたりの条件を満たす物件を選び出すあたり、アンリのバランス感覚というのは、こういうところでもいかんなく発揮されるらしい。

旅行気分でいられた一夜が過ぎ、今日は、本来の目的を果たすべく、遺産相続の手続きに向かう。

待ち合わせ場所は、相続することになっている家の前ということで、彼らが泊まっているホテルまで迎えの車が来ることになっていた。

そうして、ハイヤーに揺られてやってきた家屋は、急勾配《きゅうこうばい》の坂の中腹にあった。

カンヌから内陸に入ったところにある小さな村は、村というにはかなり無機質に近代化されていて、コンクリート舗装された大きな通り沿いには、チェーン展開されている大型スーパーやコンビニ、ガソリンスタンドなど、どこにでもあるような均一化した建物が並んでいる。

そこを通り過ぎて坂を登っていくと、ようやく庭木の奥に赤い屋根を持つような、多少は古式ゆかしい雰囲気《ふんいき》の家並みが見られるようになった。とはいえ、歴史的景観を誇る「フランスの美しい村」などに指定されるような情緒は微塵《みじん》もなく、ただ、年月を経た建物が無雑作に並んでいるに過ぎない家々の連なりだ。

彼らが辿《たど》り着《つ》いたのも、そんななんの変哲もない古い家の一つだった。

家の前には、坂にへばりつくようにロゴ入りのワンボックスカーが停《と》まっていて、その前に、小柄で口髭《くちひげ》を生やした黒髪の男が立っていた。

シモンが手配してくれたにしては、若干服装などにこだわりがみられないようだと思っていると、やはりその男は相手方の管財人で、朴訥《ぼくとつ》な笑顔で彼らを迎えてくれる。

『どうも、初めまして《アロウ　アンシャンテ》』

『初めまして《アンシャンテ》』

フランス語で応じたユウリが、自己紹介のあと、ロウのことを紹介する。だが、訛《なま》りの強いフランス語を話す管財人との会話はかなり苦労し、しまいには互いに口数が少なくなっていく。

そんな彼らの間を、二月にしては暖かい地中海性の風が吹き抜ける。

「大丈夫か？」

ロウに心配そうに言われ、ユウリは困った様子で、「う〜ん」と唸《うな》る。

「大丈夫とは言えないかも」

「おい〜。頼むぜ」

そう言ったきり、ロウは我関せずの体で建物を眺めているし、相手の管財人は戸惑いを秘めたままにこにこしているだけであるため、気まずくなったユウリが、この先の会話をどう続けようかと悩んでいると、急な坂道であるにもかかわらず、なんとも軽快に登ってきた四輪駆動車が、陽光に照り映える美しい車体を彼らのそばで停めた。

三人が三様に注目する前で、エンジンを切った運転席の男が、きびきびとした動作で車から降り立つ。

皺《しわ》一つなく清潔に整えられたダークスーツ。

髪をビジネスマン風に撫《な》でつけ黒縁眼鏡《めがね》をかけた様子は、いかにも切れ者といった感じで、片田舎《かたいなか》の住宅街では逆に浮いてしまうくらいだ。本人もそれを自覚しているのか、ラフ感を出すためにネクタイはしていなかった。

『すみません。遅くなりました』

男は、それだけ言うと、あとは特に言い訳を口にしなかったが、遅くなった理由が怠惰にあるとは誰も思わない。おそらく、別の用件に時間を取られてしかたなく遅れたのだろうと思わせるだけの何かがある。

そんな彼こそがシモンが手配してくれた弁護士であるのは一目瞭然《いちもくりょうぜん》であったが、男の姿を認識したとたん、ユウリは驚きに目を見開いた。

それが、他《ほか》でもない、シモンの片腕として将来を嘱望されている側近中の側近、モーリス・ブリュワであったからだ。

モーリスとはさほど親しくなかったが、ベルジュ家のパーティーなどで何度も会っているため、互いに顔見知りである。

そして、ベルジュ家の後継者としてのシモンのスケジュールをすべて把握し、あらゆることに対処する役を担《にな》う彼が、何かにつけ、シモンの予定を狂わせるユウリに対し、若干敵意のようなものを抱いているのは、前から気づいていた。

決して悪意のあるものではないので、ユウリは気にしていなかったが、いちおう、相手の感情を逆撫でしないよう気をつけてはいた。——まあ、シモンのそばにいれば、この手の感情を向けられることはしょっちゅうで、かなり慣れっこになっているというのが正直なところである。

これまでにも、たとえば、パブリックスクール時代、彼らが所属していたヴィクトリア寮《ハウス》で一緒だった一級下のドナルド・セイヤーズなどがいる。

彼は、ユウリがシモンのお荷物であると思い、最初の頃はかなり冷たい態度で接してきたのだが、ユウリを身近に知るようになるにつれ、その態度は改められ、最後はシモンを崇拝しているのか、ユウリを尊重しているのか、わからないくらいになっていた。

それを思えば、この場にモーリスを送り込んできたことに、シモンの深い意図が感じられなくもない。

ただ、モーリスがシモンの最も信頼する弁護士であるのは間違いないので、ユウリのために宣言どおりの人選を行っただけとも考えられる。

その場合、モーリスにしてみれば、今週末、さまざまなパーティーに顔を出し、重要な社交上の付き合いをすることになっているシモンのそばにいるはずだったのが、こんな田舎の案件に駆り出され、さぞかし無念だったろう。

その想《おも》いが、フランス語の挨拶《あいさつ》にしっかりとにじみ出ていた。

『どうも、ユウリ様』

『ブリュワさん。まさか、貴方《あなた》がいらっしゃるとは――』

『同感ですよ』

『――ですよね。すみません』

ユウリが恐縮すると、さすがにまずいと思ったらしく、彼はすぐに弁明した。

『いや、ユウリ様に謝っていただく必要はありません。シモン様の望みであれば、できる限り叶《かな》えるのが私の仕事で、他意はありませんから』

『シモンの望み……』

ユウリが苦笑して、『本当に』とさらりと言う。

『一番頼りにしている人を送ってくれるなんて、正直、びっくりです』

とたん、表情のあまりない顔を軽く赤らめたモーリスが、どこかドギマギした様子で
『いや、別に、私は一番では……』と口ごもる。

それを不思議そうに見ながら、ユウリが『もっとも』と付け足した。

『貴方がいないことで、今頃、シモンが苦労していると思うと、ちょっと心配ですけど』

『――そんなことは』

ないという言葉まで続かない。

ユウリの台詞《せりふ》はモーリス自身がいちばん主張したかったことであったが、実際に、こうして他者の口を通して聞かされると、それはまったくどうでもいいことのように思われた

からだ。

事実、シモンであれば、相手の名前などわからなくても、目を見つめてにっこり微笑《ほほえ》むだけで、向こうが勝手に有頂天になって、シモンとの付き合いを深くしようと躍起《やっき》になるはずだ。

そこに、モーリスの介在など必要ないし、力を入れる必要もない。ただ、シモンがそこに出席さえしていれば、それで済む話なのだ。

だからこそ、シモンは、モーリスをここに送り込んだ。

それはつまり、シモンにとって、社交上の挨拶まわりより、こっちの案件のほうがはるかに重要で、自分の代わりにモーリスにいてほしいと考えたからに違いない。

（シモン様の代わりに――）

そう認識しただけで、モーリスは身が引き締まる。

小さくブルッと身震いしたモーリスが、複雑な心境でユウリのことを見おろした。

時々思うことであるが、なぜ、ユウリという人間は、こうもやすやすと人の持つ毒気を抜いてしまうのか。

モーリスは、自分の態度が、常々ユウリを傷つけていることを自覚していた。

それなのに、ユウリはそれを怒るどころか、いつも真摯《しんし》に彼の気持ちに寄り添い、理解を示してくれる。

シモンの立場。

モーリスの立場。

それらを考慮し、本気で申し訳ないと思っているのだろう。そこに、ユウリ自身の立場をどうこうしようという気持ちは微塵もない。

その清明さのせいか、シモンを間に挟んでユウリに苛立《いらだ》ちを覚えても、ユウリの感性に触れただけで、なんとなくその苛立ちが解消されていく。

なんとも不思議な人間だと、思う。

モーリスの敬愛するシモンも、ユウリのそういうところに惹《ひ》かれているのかもしれないと考え、それなら多少は理解できたが、ただ、だからといって、シモンが本来の道を逸《そ》れていいとはならない。

とにもかくにも、改めてこの場でのおのれの役目を自覚したモーリスが、コホンと咳払《せきばら》いをして『失礼』とユウリに断り、管財人のほうに足を向ける。

その背後で、ロウがユウリの肘《ひじ》を突いてコソッと話しかけてきた。

ユウリとモーリスの会話は最初から最後まで流暢《りゅうちょう》なフランス語であったため、ロウにはちんぷんかんぷんであったのだが、彼らの間に流れる微妙な空気は伝わったようで、どこか複雑そうな口調で訊《き》いた。

「……もしかして、知り合い？」

「うん。あの人は、モーリス・ブリュワといって、シモンの現在の側近といえる人だよ」

「へえ。じゃあ、すごい優秀ってことだ」

「そうだけど」

ユウリが答えると、「でも」とロウが意外そうに首を傾《かし》げた。

「ベルジュの側近にしては、フォーダムに対してちょっと冷たくないか？」

「……そう？」

ユウリは曖昧《あいまい》に誤魔化《ごまか》し、こっそり溜め息《たいき》をつく。さすがに嫌われているからとは言いにくい。

そんな二人の会話が聞こえたのかどうか、モーリスがチラッと彼らに視線を投げてから『早々ですが』と言って、相手の管財人と話し出す。

外に立ったまま、誰も家の中に入ろうとしないのは、それが習慣だからなのか。

それとも、招き入れる者もいない見ず知らずの他人の家に入ることには、やはり躊躇《ためら》いがあるからなのか。

おそらく、後者だろう。

海のほうから吹き上がってきた風が、ミモザの香りを運んでくる。

ここまでの道中にも、ミモザの花が咲いているのを見かけた。おそらく、コートダジュール一帯は、来週にはミモザの花盛りとなるだろう。それを思うと、さまざまなことが吹き飛んで、ユウリはわくわくと待ち遠しい気持ちになる。

そんな浮かれた想いを抱きながらあたりに視線を巡らせたユウリは、ふと、坂の上の曲がり角に人がいるのに気づき、漆黒《しっこく》の瞳《ひとみ》を細めた。

生け垣の陰に隠れるように、二人の人物が立っている。

赤毛の大男と黒衣の女だ。

彼らを目にしたとたん、ユウリの中で浮かれあがった気持ちが縮む。

どこかどんよりとした毒気のようなものを感じ取ったのだろう。

彼らはジッとこちらを見つめているようだが、その様子に、あまり現実味がない。言い換えると、彼らのいるあたりだけ、空間がいびつにねじ曲がっているように感じられるのだ。

まるで、そこに重力の偏りがあるかのように。

（……なんだろう）

気になったユウリが、なおも見つめていると――。

『――おかしいですね』

モーリスが鋭く指摘する声がしたので、ハッとして彼らのほうを振り返る。

見れば、書類をめくっていたモーリスが、何か疑わしげに相手の管財人に早口のフランス語で告げている姿があった。どうやら、書類に不備があるとかなんとか、そんなことを指摘しているようだが、さすがに専門用語が多すぎて、ユウリにはわからない。

ロウが目でユウリに問いかけてきたが、ユウリは首を振ってわからないと示した。それでは意味がないと言いたそうなロウをなだめ、ユウリは、モーリスに視線をやった。

心配せずとも、きっと、あとで彼が説明してくれる。

そのあたりは、百パーセント信じて大丈夫だ。

そこで、ユウリは、もう一度、坂の上に視線を戻した。

先ほどの二人組のことが気になったのだが、振り返ったところに彼らの姿はなく、ただ生け垣から伸びた枝先が、ゆらゆらと風に揺れているだけだった。

（……いない）

いったい、どこに行ったのか。

徒歩で移動するのは、なかなか困難な場所だ。

そうかといって、車のエンジン音は聞こえてこなかった。

（もしかして、近所の住人とか？）

どうにも妖《あや》しげに見えたが、実はこのあたりに住んでいる人たちで、空き家に人がいるのを不審に思い、様子を見に来ただけかもしれない。

（きっと、そうだ）

ユウリは、そう思い直して、気にしないようにする。

なんでもかんでも「妖しい」と疑ってかかるのは、よくないことである。経験がものをいうのだろうが、となると、ユウリは、あまりいい経験を積んでいないということになりそうだ。

(やれやれ……)

だが、なんとか気にしないようにしようとしても、やはり何かが変だったと本能が警告を発している。

(いったい、何が――)

そこで、ふとユウリは思いつく。

(ああ、服か――)

彼らの着ていた服が、どこか時代がかったものだったのだ。

赤毛の大男が着ていたのは、フロックコートを思わせる長い上着であったし、女性のほうは、この時代にはないような黒いドレスを身に着けていた。

ただ、多少時代がかった服を着ていたくらいで、存在まで異質なものと決めつけるのは間違っている。かといって、真偽を確認するにしても、彼らの姿は消えてしまっているので、どうにもしようがない。

(やっぱり、考えすぎだな)

そう思うことにして、ユウリはそれ以上、彼らのことを考えるのをやめた。

時を同じくして、相手の管財人との話を終えたモーリスが、ワンボックスカーに乗り込む相手に背を向け、こちらに向かって歩いてきたので、ユウリは今現在目の前にある問題に集中することにした。

2

「さて」

ユウリとロウを前にして、モーリスが英語で言った。

「相続の手続きはほぼ完了しましたが、これからどうなさいますか？」

「……どうって」

意向を問われ、戸惑った様子でユウリに視線を流したロウであったが、具体的なことについてはユウリにはなんとも言えないのがわかっているため、すぐにモーリスに視線を戻して言う。

「えっと、正直、このまま、この家を明け渡されても困ります。いちおう、ベルジュには電話で言ったんですが、フランスの法律はちんぷんかんぷんだし、フランス語を話せる人間もいないので、できれば、そちらで処分する方向でお願いしたいと」

「はい、そう伺《うかが》っています」

モーリスは、わかりきったことのように頷《うなず》き、続ける。

「こちらで処分を請け負った際の具体的な取り分についても決まっていて、すでに契約書も交わしているということでしたが、ただ、だからといって、まったく家の中を見ないというのも、この際、どうかと思いまして。――というのも、これは、シモン様からのご提案ですが、いちおう、家の中をご覧になってみて、どうしても売りさばいてほしくないというようなものがあるようでしたら、二、三点ほど、お持ちになってはどうかということでした。ロウ様が中をご覧になることができるのは、この鍵《かぎ》を持っている間だけになりますので」

管財人から渡された鍵を振りつつ、モーリスは続ける。

「もちろん、面倒くさいのでいっさい見る必要がないというのであれば、それはそれでいっこうに構いません」

その提案は、ロウにとって、かなり有利なものといえた。

処分を任せるのであれば、当然、遺品の価値が高ければ高いほど、モーリス側の取り分が増えることになる。もちろん、すべてにおいて、いかに高く売りさばくかにかかってくるわけで、仲介人としての腕の見せ所であるのだが、その前に、家の中から価値のあるものを持ち出されてしまえば、彼らとしては損するばかりである。

それがわかったうえで、シモンは、好きなものを持っていっていいと言っているのだ。

そこで、ふたたびロウがユウリを見たので、今度はユウリも助言する。

「せっかくなら、見てみれば？　ここまで来て、素通りというのもなんだし」

「だよな」

ロウも、同意見であったようだ。

さらに、ロウは、ユウリにも同じことを勧める。

「フォーダムも一緒に見るだろう？」

「そうだね。もしよければ」

「よいに決まっているし、なんなら、俺の代わりに、気に入ったものをなんでも一つ、持っていけよ」

「え、いいよ」

並んで歩きながらユウリが遠慮すると、「気にしなくても」とロウが言う。

「付き合ってもらった礼もしたいし」

「お礼なんて、ただで旅行できたと思えば、それで十分だから」

玄関脇《わき》の花壇の中に、大理石のような白い石でできたライオンの置物があるのを眺めながらのんびり言ったユウリを、ロウが横目で呆《あき》れたように見て、「フォーダムって」と評する。

「相変わらず、欲がないな」

「そういうわけではないけど」

「いや。間違いなく、ない」

断言し、モーリスに渡された鍵で玄関扉を開けながら、「ならさ」と新たな提案をした。

「この旅行の記念に、それぞれ一つずつ、何か持って帰らないか？」

「……記念に？」

その思いつきに対しては、ユウリは小首を傾げて思案する。

「お土産《みやげ》ってこと？」

「そう。フォーダムと旅行するなんて、この先そうそうあるとは思えないし、記念品の一つくらい、取っておきたいじゃん？」

「そうだね」

少し考えた末に、ユウリは賛同した。

「たしかに、それはいい考えかも」

それから、振り返ってモーリスに尋ねる。

「それって、いいんですかね？」

だが、モーリスは、二人の会話にはさして興味を示しておらず、ちょうどスマートフォンを取り出してどこかに電話しようとしていたところで、「……ああ、はい」と生返事をしてから言った。

「お好きなようになさってください。それより、お二人が家の中を見ている間、私は、車のほうにおりますので、何かあれば、お声をおかけください」

それだけ言うと、さっさと路肩に停めてある車へと歩いていってしまう。

戸口のところで顔を見合わせたユウリとロウが、どちらからともなく肩をすくめてから家の中へと入っていく。

室内は、案外整然としていた。

亡くなった人が、どういう状況で最期《さいご》を迎えたのかはわからなかったが、少なくとも、ここを去る前に簡単に片づけるくらいの時間的余裕はあったようだ。

おそらく、最期はここではなく、病院のベッドとか何かだったのだろう。

それでも、出しっぱなしの本や多少乱雑なテーブルの上などに、最近までここで誰かが生活していた気配が残っていた。

それらは案外生々しくユウリの目に映り、しみじみと考えさせられる。

人は誰でもいつかは死ぬ。

わかりきったことではあったが、それまで生きていた人間が、ある時間を境にこの世からいなくなるというのは、やはりどうにも不思議な気がしてならなかった。

ゆっくりと歩きまわっていたユウリは、窓際に並んだ写真立てに気づき、そのうちの一つを手に取って言う。

「亡くなったのって、この人かな」

「どれ？」

近づいてきたロウが、一緒に覗《のぞ》き込《こ》む。

「う～ん、どうだろう。……そうかもしれないね」

「きれいな人だなあ」

「うん。――でも、こっちの人はもっときれいだよ、たぶん母親だろうけど、女優さんみたいだ」

「本当だ」

別の写真を手に取ったロウから他の写真に目を移したユウリが、あることに気づく。

「あれ、でも、お母さんとの写真はけっこうあるのに、お父さんの写真は一枚もないね」

「たしかに」

写真を見まわしたロウが、続ける。

「写るのが嫌いだったのかも」

「魂を取られるから？」

とたん、ロウがハシバミ色の瞳を細めて、ユウリを呆れたように眺める。

「もしかして、フォーダムは、そう思っているとか？」

「まさか。僕は思っていないけど」

「だよな。このご時世に」

頷いたロウが、別の可能性を指摘する。

「撮るのが専門だったってことじゃないか？」

た。

「でなきゃ、まあ、最初からいなかったか――」

なんとなく気まずそうに告げたロウが、その場を離れて寝室のほうへと歩き去っていっ

「ああ、そうか」

その背を見送り、「……なるほど」と呟《つぶや》いたユウリが、写真立てを元の位置に戻し、遅まきながら手を合わせた。

自分は、今、なんの気なく、まったく知らない人の人生に触れてしまったが、そこにはユウリなどには想像もつかないくらいさまざまな想いがあったはずで、当たり前だが、第三者が簡単に侵害していいものではない。

そうして、ユウリが死者に敬意を表していると、ふいに背後で「ニャア」と猫の鳴き声がした。

驚いて振り返ったところに、なんともおかしな顔をした猫がいた。外側から押しつぶされたように中心に顔の寄った、毛むくじゃらの猫である。

だが、実は、こういう猫のほうが、血統がよかったりする。

それにしても、今しがたまで生き物がいる気配などしていなかったのに、いったいどこから来たのだろう。

半開きだったドアの隙間《すきま》からか。

まさか、この家の中にずっといたということはあるまい。

ふくよかで、それなりに健康そうな様子からしても、どこかで飼われている猫であることに間違いはないだろう。

妖しいまでに金茶色の瞳をした猫は、ユウリの見ている前でパッとサイドテーブルの上に乗りあがると、移動しながら後ろ脚でそこにあった小箱を蹴《け》飛《と》ばした。

「あ」

慌ててユウリが手を伸ばすが、一瞬遅く、床に落ちて蓋《ふた》が開く。

「あちゃあ」

溜め息をついたユウリがしゃがみ込んで拾いあげると、小箱の中から新たに指輪が出てきて床の上をコロコロと転がる。

「――あ、しまった」

身体《からだ》を伸ばし、今度は指輪を拾いあげたユウリであったが、間近で指輪を見た瞬間、その珍しい作りに目が吸い寄せられた。

それは、とても変わった形をした指輪だった。

なんといっても、片側の側面が真っ平らで、まるで一つの指輪を真っ二つにしたような形をしているのだ。

そして、その真っ平らなほうの面に、細い書体で文字が刻み込まれていた。

「Tu《トゥ》 fui《フイー》」

ラテン語だ。

読みあげたユウリが、少し考えてから呟く。

「我は、汝《なんじ》であった……？」

おそらくそんな意味合いになるのだろうが、正直、あまり自信はない。

平らなほうの側面には、文字の他にも、宝石の埋め込まれた台座《ベゼル》の部分に、燃え上がるハートが描かれている。

なんとも意味ありげな指輪だ。

ユウリが指輪をじっくり眺めていると、先ほどの猫が足下にすり寄り、ふたたび「ニャア」と鳴いた。

見おろせば、底光りする金茶色の瞳とばっちり目が合う。何かを訴えかけてくるような、なんとも神秘的な色合いだ。

「……もしかして、僕に、何か言いたいことでもある？」

ついユウリは話しかけてしまったが、もちろん答えてくれるはずもなく、代わりに寝室のほうから戻ってきたロウが言った。

「お、猫？」

だが、彼が戻ってきたとたん、猫はサッと身を翻《ひるがえ》し、半開きだったドアから外に飛び出

していった。

入れ替わるように室内に入ってきたモーリスが、一瞬、驚いたように立ち止まった。足下をかすめていった小動物を目で追い、ややあってユウリに確認する。

「猫ですか？」

「はい。迷い込んできてしまったようで」

「そうですか」

それっきり、猫には興味を失ったようで、モーリスが「それで」と尋ねる。

「十分にご覧になれましたか？」

ロウが「はい」と元気よく答える。

「それほど大きい家ではないので、ざっと見てしまいました。——でも、特にこれといって欲しいものはなかったので、ばあちゃんへの報告がてら、この写真の中からどれか一つだけ持って帰ることにします」

「そうですか」

リビングの壁には、二つ、三つ、それなりに価値のありそうな風景画などもかかっているのだが、ロウも、案外、欲がないようだ。

そのロウが、ユウリを振り返って尋ねる。

「それで、フォーダムはお土産にするものって、決まった？」

「そうだね」

頷いたユウリが、「もし構わなければ」と前置きして続ける。

「この指輪にしようと思うんだ」

「へえ」

指輪など、どこにあったのかという目で見たロウが、軽い口調で「いいんじゃないか」と言った。

二人の会話を聞いていたモーリスが、手にしたタブレット型のパソコンを操作しながら「それぞれ、お持ちになるものが決まったところで」と、改めて報告する。

「お二人に、重大なお知らせがあります」

「重大なお知らせ？」

これ以上、何を知らせることがあるのかと思ったらしいロウが首を傾げ、さらにユウリを見てから訊き返す。

「それって、なんのお知らせですか？　――あ、まさか、遺産相続なんて実はなかったとか言う気ではないですよね？」

「ええ、それはないですよ」

ロウが冗談半分で言ったことに対し、真面目《まじめ》に首を横に振ったモーリスが続ける。

「そうではなく、たった今、確認が取れたのですが、バーバラ・コール様の親戚筋《しんせきすじ》に当たるカトリーヌ・ルブラ様には、実は、ここ以外にもう一つ、パリ市内に母親のジュヌヴィエーヌ・ルブラ名義のアパルトマンが遺されていたことが判明しました」

「へ？」

びっくり眼《まなこ》になったロウが「嘘《うそ》？」と言う横で、ユウリも意外そうに訊き返した。

「そうなんですか？」

「はい」

黒縁眼鏡の縁を押さえながら頷いたモーリスが、「しかも」と続ける。

「私どもの調査では、その部屋というのは、およそ百年の間、一度も開けられたことがないようなんです」

ユウリとロウが、顔を見合わせて驚く。

「百年の間……」

「一度も？」

「そうです。シモン様も、この報告をお聞きになり、その部屋にとても興味をお持ちになったようでございます」

「シモンも……」

「って、報告ずみかい」

ユウリの呟きに続き、ロウが小さく突っ込む。

さすが、懐刀《ふところがたな》を目指す彼は、主人に忠実である。

モーリスが「そこで」と続けた。

「お二人のご都合がよろしければ、今からすぐにパリに飛び、くだんの部屋の扉を開けてみてはいかがかと」

「行く！」

好奇心が先にたって即答したロウが、「――あ、でも」とすぐさま現実に立ちかえって迷いを示す。

「今から行くとなると、飛行機の時間とかもあるし、無理か。さすがに電車で行ける距離でもないだろうし。――仮に行けたとしても、確実に日は暮れているだろうからパリに宿を取って、帰りのチケットを予約してとかやっていると、けっこうすごいことになるな」

ふつうに暮らす人間なら、誰もが考える具体的な旅程を模索し始めたロウに向かい、モーリスが、「ご心配なさらずとも」と申し出る。

「すでに移動手段は確保しておりますし、泊まりがけになるようでしたら、シモン様が現在お使いのパリの別邸をご利用ください――とのシモン様のご指示です」

「マジ？」

喜んだロウが、「だけど」と不思議そうに呟いた。

「移動手段といっても、こんな都合のいい時間に飛ぶ飛行機なんて、あったっけ？」

もちろん、ある。

横で、ユウリが静かに頷いた。

ベルジュ家のやり方に慣れっこになっているユウリには、その移動手段が簡単に予測できたし、実際、その予測に違《たが》わず、近くの飛行場に移動した彼らは、そこで待っていたチャーター機に乗り込むと、一路、シモンの待つパリへと飛び立った。

3

パリから車で三十分ほどのところにある城で行われていた企業主催のパーティーを辞したシモンは、その足で、今度はパリ市内にある近代的ホテルで開催されているイベント会場へとやってきた。

受付周辺には、ほぼ同年輩の着飾った紳士淑女たちがいて、小さな集団を形成しながら談笑している。そのくせ、目は油断なく周囲に向けられ、自分にとって利益になりそうな相手が来るのを虎視眈々《こしたんたん》と狙《ねら》っている様子が窺《うかが》えた。

いかにもいいところのお坊ちゃんやお嬢さんの集まりであるが、一括《ひとくく》りにそういっても二種類あって、育ちのよさが品のよさに繋《つな》がる高潔な人物もいれば、食うに困らない立場に甘んじ、どうしようもない生き方しかしていない輩《やから》もいる。

社交界というのは、そんな玉石混交《ぎょくせきこんこう》の世界なのだ。

クロークでコートを預けたシモンは、ポケットで鳴りだしたスマートフォンを取り出しながら会場の中へと足を向けた。仕立てのよいブルーグレーのスーツに先ほどまでつけていたタイを取ったラフな恰好《かっこう》が、実にさまになっている。

現れた瞬間から、歩く姿も優雅で神々しいシモンのことを、大勢の女性が憧《あこが》れの目で追っていた。

「ベルジュ」

電話に出たシモンの声に応えたのは、シモンの命を受けて南仏に飛んだモーリスだ。

『ブリュワです』

「やあ、モーリス。そっちはどうだい？」

『ひとまず、こちらの物件の相続手続きは滞《とどこお》りなく終了しました』

「そう。さすがだね」

『ありがとうございます。――そういうシモン様のほうこそ、問題はありませんか？』

シモンは、こちらに近寄ってこようとした知り合いに対し、人さし指をあげて軽く挨拶し、電話中であることをアピールしながら笑う。

「大丈夫だよ。今、ちょうど、『子供会』の会場に到着したところだ」

もちろん、会合の正式名称は別にあったが、シモンにとって、ここは、自分も含め、まだくちばしの黄色いヒナたちが集う「子供会」以外のなにものでもない。

そんな揶揄《やゆ》が伝わったらしく、モーリスがたしなめた。

『シモン様。お気持ちはわかりますが、そういう発言を会場でなさるのは――』

「わかっているよ。いちおう、周囲には気を配っているから」

『お願いします』

心配そうに告げたモーリスが、『それはそうと』と尋ねる。

『うちの新人君はどうですか?』

モーリスは、自分がそばについていられない代わりに、現在、彼のもとで修業を始めたばかりの新人に資料を渡し、シモンの補佐をするように命じてあった。ふだんは、会社でパソコン作業に励んでいたが、そろそろ現場でどれくらい役に立つか、見極めたいと思っていたところだったため、今回はいい機会であると考えたのだ。

だが、どうやら、結果はあまり芳《かんば》しくないらしい。

「——ああ、彼ね」

シモンが、若干声に苦いものをにじませて言う。

「彼は、帰らせたよ」

『え、なぜです?』

自分が仕事の手ほどきをしている新人が何か失態をしでかしたらしいと知って、モーリスは慌てる。

『彼、何かやりましたか?』

「そうだね」

そこで、声を低めたシモンが、簡潔に説明する。

「君が渡した取引先に関するデータを、彼は、自分が私用で使っているスマートフォンに落として、それを会場内で閲覧していたんだ。――どうやら、すべて暗記するのは面倒だと思ったようだね」

『――まさか』

「本当」

『信じられません。そんなの、常識で考えれば』

「うん。僕もそう思う。ただ、彼の中に、そういう常識はなかったようだ。――でなければ、常識自体を、どこかに置き忘れてきたか」

シモンにしては、けっこう辛辣《しんらつ》だ。

モーリスが、不安げに尋ねる。

『それで、どうなさいましたか?』

「もちろん、すぐに危機管理室に連絡して、彼のスマホから情報が漏《も》れださなかったか調査させたうえで、彼のスマホからデータをすべて消去させたんだけど、その際、彼がなんて言ったと思う?」

『……なんでしょう?』

ほとんどホラー級の恐怖を抱きつつ、モーリスが訊き返すと、シモンが小さく溜め息をついてから教える。

「稀少《きしょう》なゲーム・キャラクターをたくさん捕獲してあるので、後生《ごしょう》だからそのデータだけは消さないでくれって」

とたん、平身低頭しているのがわかる声音で、モーリスが謝る。

『それは、監督不行き届きも甚だしいことで、真《まこと》に申し訳ありません』

「いいよ。別に、君のせいではないし、そもそものこととして、君に、急に南仏での用事を言いつけたのは僕なんだから」

モーリスが、わずかな沈黙のあとで、尋ねる。

『――それで、実際の被害は？』

「幸い、深刻なウイルスには感染していなかったので、トラブルは未然に防げたけど、残念ながら、今後の彼の処遇としては、おそらく関連会社のアプリ制作部にでも転属してもらうことになるだろう。――まあ、彼が愛してやまない世界だろうし、そのほうが、彼にとってもいいんじゃないかな」

それはつまり、組織の中枢から一気に末端部への左遷だ。

かなり厳しい処置だが、それは、失敗に対する制裁だけでなく、失敗したあとの言動に問題ありとみなされたからだろう。

友人には寛容でも、仕事をしていくうえで無能な人間は必要ないというのが、シモンの考え方だ。そのあたり、ベルジュ・グループの次期総帥として、シモンはかなりシビアな視点を持っている。

モーリスが、心配そうに訊く。

『それなら、現在、シモン様のフォローはどなたが？』

「いないよ。でも、心配しなくても、こっちはなんとかなるから、君は君の仕事に集中してくれるかい。――会場内には、貴族年鑑の生き字引もいるし」

『貴族年鑑の生き字引……？』

いったい誰のことを言っているのかと不思議がるモーリスであったが、シモンの澄んだ水色の瞳は、なかば警戒を秘めて、会場の中を流れるように歩きまわっている赤毛の女性に向けられている。

遠目にもその魅力がわかる、パリコレのモデルを思わせる抜群のスタイルの美女だ。

名前は、ナタリー・ド・ピジョン。

シモンの母方の従兄妹《いとこ》であるが、何かとお騒がせの彼女は、目下、シモンの頭痛の種になっている。

ただし、華やかな世界が大好きな彼女は、こういう場所でだけは、何かと役に立つ。

シモンに気づいて近づいてきた彼女に視線を留めたまま、シモンはモーリスに訊く。

「それなら、そっちは問題はないと考えていいんだね？」

『たしかに、こちらでのことに問題はありませんが、一つだけ、ご報告が』

電話を切るつもりでいたシモンが、意外そうに応じる。

「なんだい？」

『それが、私も少々驚いているのですが、調べてみたら、バーバラ・コール様に残された財産が、ここ以外にもう一つ、パリにも存在しているようなんです』

「パリに？」

『はい』

シモンのすぐそばまでやってきて、顔の前でわざとらしく大きく手を振る従兄妹を片手で鬱陶《うっとう》しそうに押しやり、シモンがモーリスに訊き返す。

「それは、間違いないのかい？」

『はい。詳細は、現在調べさせているところですが、この際なので、そちらの物件もご覧になっていただくために、これから、ロウ様とユウリ様をお連れしてパリに向かおうと思うのですが』

「──そう」

その一瞬、わずかに口元をほころばせたシモンのことを、ナタリーがモスグリーンの瞳で下から興味深そうに覗き込む。さらに、シモンが使っているスマートフォンを指さしながら、「ユ、ウ、リ？」と口だけで問いかけた。

それを、首を横に振って否定したシモンが、最後に付け足す。

「それなら、着いたら、すぐに連絡を」

『承知しました』

電話を終えたシモンが、それを胸ポケットにしまいながらナタリーを迎える。

「やあ、ナタリー」

「どうも～」

軽く挨拶を返したナタリーが、キョロキョロとあたりを見まわした。

「あら、珍しい、一人？」

「そうだね」

「彼はどうしたの？」

代名詞で言ったナタリーが、「ほら、あの」と指でこめかみを押さえながら、名前を思い出そうとする。

「なんだっけ。あの『シモン様、命！』みたいに、いつも貴方の後ろをくっついてまわっている、眼鏡君」

「モーリス・ブリュワ」

自分たちより年上の相手に対し、「君」づけでからかうナタリーを咎《とが》めるように見おろして、シモンが注意する。

「それに、言っておくけど、彼が、いつも僕のあとをついてまわっているのは、それが仕事だからだよ」

「そうかもしれないけど、でも、正直、貴方、彼がいなくても全然平気じゃない」

「そんなこともないさ」

肩をすくめたシモンが、あまり説得力のない声で言い返す。

「これでも、彼にやってもらっていることは多いんだよ」

「……どうかしらねえ」

あくまでも疑わしげなナタリーに対し、シモンもそれ以上は弁明しない。

実際、シモンは、今ぐらいの仕事量であれば、問題なく一人でやっていける。

だが、それはあくまでも、彼の本分がまだ学生だからで、遠くない将来、本当に補佐を必要とする日が絶対にやってくる。そんな将来を見据《みす》え、信頼のおける部下を育てるためにも、今のうちに任せられることは他人に任せる必要があるのだ。

そういうわけで、今日なども、正直、モーリスがいなければいないで、なんとでもなった。

記憶力のいいシモンは、一度会った人間の顔は忘れないため、わざわざ情報をおさらいせずとも、誰とでも失礼なく会話ができるし、初対面であれば、対応する前に必要最低限の情報を、そのへんにいる知り合いにこっそり問い質《ただ》せばいいだけのことだからだ。

そして、その手の情報を引き出すのにうってつけなのが、このナタリーだった。

いちおう身内であれば、訊きにくいことを問い合わせるのに不都合はないし、モーリスにも言ったように、この手の会合で彼女の知らない人間がいたら、それは、その人が「もぐり」と思っていいほど、情報通であるからだ。

ただ、ナタリーという人間のことを考えると、あまり借りを作るべきではない。

特に、ナタリーには、将来「ベルジュ伯夫人」の座に納まるという野望があって、ことあるごとに、その包囲網を狭めようとしてくるのが危険極まりなかった。それも、たいていの人間が、シモンの隣に立ちたいという熱烈な想いがあるのに比べ、ナタリーは、ただただ「ベルジュ家」の名前が欲しいだけで、万が一にも結婚してしまった場合、シモンに対し、どこへなりとも行って好きに生きてくれと言いそうだ。

それは、案外、シモンにとっては楽な生活かもしれなかったが、今のところ、彼の中にナタリーと結婚する自分の未来像というのは、欠片《かけら》も存在しなかった。

いや、許容できないというのが、本音だろう。

その一番の理由が――。

「もしかして」

ナタリーが、モーリスの不在について、推測する。

「彼がいないのは、『ダーム・デュトワ』について、調査しているから？」

とたん、水色の瞳をすがめたシモンが、冷ややかに従兄妹を見おろした。

「――なんのことを言っているんだい、ナタリー？」

「あら、とぼけなくても、貴方が『ダーム・デュトワ』について調べさせていることは、わかっているの」

「……へえ」

「でも、どうやら、苦戦しているみたいね」

いったい、どこから情報が漏れたというのか。

相変わらず、侮《あなど》れない人間である。

「ダーム・デュトワ」の名前は、一昨日、カルチエ・ラタンのカフェで、かなりの危険を冒して接触した際、シモンが、唯一、アシュレイから盗み取れたものだ。だが、その後、シモンのほうで調査をさせても、その正体はなかなか摑《つか》めず、これは正規のルートで調べていても埒《らち》があかないと考え始めていたところだった。

シモンの表情を読み取ったナタリーが、懐柔するように教える。

「やだ、心配せずとも、深刻な情報漏れではないから大丈夫。――単に、昨日、伯母様に用があってロワールにお邪魔したら、廊下で誰かが電話で話しているのが聞こえちゃったの」

「ああ、なるほど」

やはり、秘密は身内から漏れやすい。

シモンが、慎重に問い質す。

「それなら、君は、『ダーム・デュトワ』の名前に心当たりがあるのかい？」

「そうねえ。あるとも言えないけど、ないとも言えない——ってとこ？」

「つまり、ないわけではない？」

シモンの確認に、ナタリーは頷く。

「ま、そうね」

それは、まさかの大ヒットだ。

まさに、蛇《じゃ》の道は蛇《へび》である。

それゆえに、彼女はシモンの結婚相手には絶対にならないし、この先も頭痛の種であり続けるのだろうが、このナタリーという従兄妹は、スイスの女学校時代に、伝統ある魔女サークルに所属していたという経歴の持ち主で、その方面の知識は、かなり豊富だ。さすがにアシュレイに並ぶほどではなかったが、こと「魔女」に関する知識は相当なものであるらしい。

ナタリーが、モスグリーンの瞳を蠱惑《こわく》的に輝かせ、シモンを見あげて訊く。

「ね、教えてほしい？」

「……うん《ウィ》」

悔しいが、目の前に手がかりがあるのに、それをみすみす逃す手はない。

するとナタリーが「腕を組ませろ」と命じるように手を差し出したので、シモンはし

かたなく、腕を貸すことにして、二人は仲よく並んで会場内を歩き出した。もちろん、この行動には、シモンとお近づきになろうとうずうずしているお嬢様たちへの牽制《けんせい》という意味合いが含まれている。

そして、外見だけなら、ナタリーは、シモンの隣に立っても引けを取らない華やかさがあるため、そんな美男美女のカップルに対し、会場内の注目が集まった。

目立つのが大好きなナタリーはご満悦な表情をしつつ、まわりには聞こえないくらいの小声でなんとも妖しげなことを教える。

「ま、たいした情報ではないんだけど、私が知っているのは、『ダーム・デュトワ』という名前の女性が、十九世紀後半に実在したということと、当時、パリを拠点にしていた黒魔術集団の幹部だったってことくらいよ」

「十九世後半……」

「そう。あと、たぶん『ダーム・デュトワ』は通り名なんだけど、本名はちょっとわからない。ただ、その名前自体はけっこう有名で、一説には、著名な魔術書を持っていたとかって」

「ふうん」

いかがわしそうに聞いていたシモンが、「なるほど。通り名ね」と納得する。だから、いくら調査させても、正体が摑めなかったのだろう。

　ナタリーが、情報を付け加える。

「もっとも、彼女の名前を有名にしたのは、その魔術書を使い、呼び出した悪魔と秘密の結婚をしたからという話もあるわ」

「……秘密の結婚？」

　繰り返したシモンが、まずいものでも口にしたような表情で小さく肩をすくめる。

「それはまた、冒険的だね」

「たしかに」

　そこで、ナタリーに顔を向け、シモンが釘《くぎ》をさす。

「先に言っておくけど、君はやめてくれよ」

「何を？」

「秘密の結婚」

「私が、悪魔と？」

「そう」

　とたん、ナタリーが顔をしかめて否定する。

「冗談じゃないわ」

　意外と敬虔《けいけん》な考えを持っているのかと思いきや、ナタリーは「だって」と嫌そうに続けた。

「彼らって、召喚すると、けっこう臭いらしいのよ。獣臭《けものしゅう》っていうの?」

「なんだか知らないけど、それを聞いて、ちょっとはホッとしたよ」

それから、与えられた情報を検討し始めたシモンを肘でつつき、ナタリーがコソッと教える。

「ほら、前方数メートルのところにいるのが、アメリカから来仏中のアーロン夫妻よ。『ブラック・ウィンダム』というゲーム・アプリがヒットして、去年の長者番付にランクインした。――ただ、今年は危ないって噂《うわさ》も」

言い終わった時に、ちょうど正面で向かい合う形になった男女のカップルと、その場で軽い雑談を交わす。

するると、ここぞとばかりにまわりにいた数人の男女が加わったため、しばらくはそれに付き合う形になった。

ややあって、また二人で歩き出したところで、ナタリーが訊く。

「それで、話を戻すと、いったい、どういう風の吹き回し?」

「どういうって、何が?」

「決まってるでしょう。貴方が、『ダーム・デュトワ』なんて妖しげな人物を、躍起になって調べまわっていることよ」

「別に。深い意味はないよ」

「意味なく調べていたら、それこそヤバいでしょ。——もしかして、また、例の悪魔の化身みたいな男と、ユウリを巡って競争でもしているわけ？」

とたん、シモンが顔をしかめて反論する。

「僕は、アシュレイと競争なんてしたことはないよ。まして、ユウリをダシにしたりは絶対にしない」

「はいはい」

ヒラヒラと手を振っていなしたナタリーが、同情的に言い換えた。

「なら、ただ遊ばれているだけなのね」

だが、その表現も気に入らなかったシモンが、鬱陶しそうに吐き捨てる。

「いいから、僕のことは放っておいてくれないか」

「いいわよ。その代わり、私のこともね」

そこで、シモンの腕からスルリと自分の腕を引きぬいたナタリーが、「まあ」と離れながら言った。

「せいぜい、負けないようにがんばって」

4

ユウリたちが機上の人となり、シモンがホテルのイベント会場でナタリーと話し込んでいる頃、パリの別の場所では、アシュレイが、ふたたびカフェに陣取り、手元の資料に見入っていた。

その顔に浮かぶのは、珍しく困惑だ。

なぜといって、ここに来て、彼にとって非常に違和感のある情報が飛び込んできたからだ。

(いったいなぜ――)

アシュレイは考え込む。

(あいつが、呼ばれたのか)

ここまで調査してきた中で、それは、なんとも異質な要素である。

全体の中で、相容《あいい》れない存在だった。

おそらく、何か重大な情報が欠けているのだろう。

彼が絡《から》んでくるのであれば、アシュレイがまだ見つけていない、別の事情が存在するはずだ。

だが、今のところ、それが何かがわからない。

もっとも、わからなければわからないで、早々に問題の人物を捕獲して、本人の口から白状させればいいだけのことだが、そうするには、今回、なかなか面倒な人物が立ちふさがっている。

なんと言っても、パリはシモンの本拠地《ホーム・グラウンド》だ。

（ただまあ）

コーヒーのカップに手を伸ばしながら、アシュレイは考える。

（少なくとも、これで、あのお貴族サマの態度にも納得がいくというものだ）

ついでに、その時のことをいろいろと思い出したアシュレイが、口元を苦々しげに歪《ゆが》めて笑う。

シモンとの、ふいの邂逅《かいこう》。

ふだんからアシュレイのことを毛嫌いしているシモンが、街中で姿を見かけたというだけで、ああやすやすと声をかけてくるのは、どう考えてもおかしかった。たいていは素通りか、あるいは、誰かに見張らせるかのどちらかで、みずからが面をつきあわせてどうこうしようなどとは思わないはずなのだ。

それを、あえて行動に移したのには、訳があった。

ユウリ・フォーダムのフランス入りである。

しかも、現在、アシュレイが行っている調査の延長線上にいるバーバラ・コールの孫と一緒にフランス入りをしているとあっては、シモンも気が気ではなかったのだろう。

だが、残念ながら、アシュレイの中で、ユウリの存在は計算外だった。

テーブルに頬杖《ほおづえ》をついたアシュレイが、つまらなそうにタブレットの画面をスライドさせる。

この展開は、なんとなく気に食わないものであるが、だからといって気に病むほど、アシュレイは軟弱な性格をしていない。

むしろ、人生、スリリングなほうがおもしろいと思うくらいの豪胆さであれば、これも、持ち前の傲岸《ごうがん》さで勝敗を塗り替える自信はあった。

ただ、問題は――。

(何をもって、勝利とするかだが……)

考え込むアシュレイの上に、スッと影が落ちる。

これは、いつぞやと同じ展開で、既視感《デジャヴ》を覚えずにはいられない状況であったが、顔をあげたところにいたのは、以前とはまったく違う人物だった。

ルイ＝フィリップ・アルミュール。

パリ大学の学生で、ヨーロッパにネットワークを広げるオカルトを愛好する秘密組織の一員だ。

彼らは、自分たちの組織が秘蔵するリストをもとに、魔術書や悪魔を呼び出す道具などを真剣に集めているかなりマニアックな集団で、場合によっては暴力沙汰《ざた》も辞さない、それなりに面倒くさい連中だ。

とはいえ、ルイ＝フィリップに関しては、決してアシュレイの敵ではなく、さらに辛辣なことをいえば、容姿の面でも、シモンの時とはかけ離れた、凡庸で取るに足らない人物の登場に過ぎなかった。

アシュレイが、うんざりした様子で青灰色の瞳を上にあげる。

「ルイ＝フィリップ・アルミュール」

フルネームを呼ばれたことに驚いて、相手が言う。

「たしかに電話で話したことはあるが、会うのは初めてだろう。それなのに、よく僕だとわかったな」

「当然だ。――なにせ、犬の糞《ふん》は避けて通るに限るからな。知っておいて損はない」

顔を知られていたことで得意げになりかけた相手を、そんな痛烈な皮肉でやり込めたアシュレイが、「まったく」と大仰に嘆く。

「どいつもこいつも、うるさくてしかたない。――もしかして、知った顔を見つけたら、相手の事情も考えず、のべつまくなしにコーヒーブレイクを邪魔するというのが、今のパリの流儀なのか？」

だが、そう言われても、ルイ＝フィリップにはなんのことだか、さっぱりわからない。

少々戸惑った様子で、「違うが」と否定する。

「誰かに邪魔をされたのか？」

「まさに今、お前が邪魔しているだろう」

さんざんコケにされたルイ＝フィリップが、顔色を朱に染めて言い返す。

「さっきから聞いていれば、聞きしに勝る口の悪さだな」

「なに、正直なだけだ」

応えたアシュレイが、「――で？」と険呑《けんのん》に尋ねた。

「俺に、なんの用だ？」

「それは――」

なんとか怒りを収めたルイ＝フィリップが、周囲にササッと視線を流すと、アシュレイの前の椅子《いす》に座り込み、内緒話をするように身を乗り出す。

「最近、小耳に挟んだんだが……」

「何を？」

「アシュレイ、君、例の『小さな鍵』の完全版を手に入れる手がかりを見つけたそうじゃないか」

とたん、アシュレイが肩をすくめて否定する。

「いや」

「見つけていないのか？」

「ああ」

淡々と答えるアシュレイの顔からは、その真偽のほどはまったく窺えない。

迷ったルイ＝フィリップが、「……本当に」と疑わしげに念を押す。

「見つけていないのか？」

「そうだ」

「本当の本当に？」

何度も同じことを繰り返す相手を、アシュレイが底光りする青灰色の瞳でジロッと睨《にら》みつけ、ピシャリと言い放つ。

「しつこい」

その迫力には、さすがにビクリとしていったんは引いたものの、ルイ＝フィリップは、すぐに「でも、信じられない」と呟き、黄緑色の瞳に熱狂的な輝きを宿して言った。

「なんといっても、『小さな鍵』だぞ？」

「それが？」

相手のテンションとは逆に、アシュレイはどこまでも冷たく応じる。

「いや、だって、多くの悪魔を支配したとされる伝説のソロモン王に帰せられる魔術書の一つ、『ソロモンの小さな鍵』、別名『レメゲトン』のフランス語による幻の古写本を手に入れることができれば、それはすごいじゃないか」

「そう。幻の――な」

そこを強調したアシュレイが、「何度も言うが」と続ける。

「お門違いだ。他を当たってくれ」

「なら、本当に手がかりを見つけていないのか？」

「だから、そうだと言っているだろう」

さすがにこれ以上しつこくするのはヤバイだろうと思うルイ＝フィリップであるが、それでも諦《あきら》めきれない様子で「もし」と食い下がる。

「ちょっとでも、アレを見つけ出す可能性があるのなら」

「……なら、なんだ？」

いちおう訊き返したアシュレイに、ルイ＝フィリップが懲りもせずに言う。

「協力し合わないか？」

「――協力？」

アシュレイが驚いたように繰り返し、それから呆れ返った口調になって「いったい、お前に」と続ける。

「俺と協力できるだけのどんな利点があるっていうんだ？」

この場合、どう考えても、ルイ＝フィリップの提案は、「協力」ではなく、「おんぶにだっこ」である。

ある意味、豪胆といえば豪胆だ。

さすがのアシュレイだって、空手でゲームをやろうとは言い出さない。

だが、いい度胸をしているのか、単に考えなしなのか、ルイ＝フィリップが、「いや、いちおう」と申し出る。

「ここはフランスだし、フランス人の僕と組めば、いろいろと便宜を図れると思うんだ」

それに対し、ついにアシュレイの堪忍袋の緒が切れた。

「お前は、バカか？」

心の底から思ったアシュレイが、小さく首を横に振り、この珍客との会話を強制終了させる。

「いいから、失《う》せろ」

「――でも」

ここまで言ってもまだ食い下がろうとする相手の胸倉を、ふいにグイッと摑んで引き寄せると、アシュレイは、その耳元で囁《ささや》くように脅しつける。

「いいか、よく聞け。今から五秒以内に俺の前から消えなければ、お前は、今日、この場で俺に会ったことを、永遠に後悔することになるぞ」

そこで、ようやく青くなったルイ＝フィリップは、慌てて立ちあがると、逃げるように店を出ていった。

第三章　そして、パリへ

1

チャーター便の機内で軽食を取ったユウリとロウは、パリに着いてすぐ、くだんのアパルトマンへと移動する。

なんとも慌ただしい行程であるが、若い彼らにはなんてことない。

何より、百年も閉じられたまま放っておかれた部屋を、自分たちの手で開けられることへの好奇心が勝っていた。

「ワクワクするなあ」

木製の扉がついた古いエレベーターの中で、ロウが落ち着かない様子で口にする。それから、隣にいるユウリを見て訊《き》く。

「妙に静かだけど、フォーダムはワクワクしないわけ?」

「しているよ、すごく」

ユウリは、ゴトゴトと音のするエレベーターの上部を見つめながら、笑って答えた。

その部屋があるのは、パリ九区、街路樹のない殺風景な通りに面して建つ、外観はさほど特徴のない、それでも細部に古きパリを偲《しの》ばせるアパルトマンの中だった。

エレベーターを降り、廊下《ろうか》を歩き始めたところで、ロウが「ああ、でも」と、ここに来て不安を口にする。

「中、ゴミだらけだったら、どうしよう」

「それはわからないけど、少なくとも、百年分積もった埃《ほこり》だらけではあるよね」

ユウリが当然のことを言うと、それまで考えていなかったらしいロウが、「ゲゲッ」とカエルのような声をあげ、「そうか～」と嘆く。

「冒険って、心躍《こころおど》ることばっかりじゃないんだな」

それはそうだろう。

ここは、いちおう人の住む場所なので、最悪ゴミ屋敷《やしき》ですむはずだが、これでもし、目的地が洞窟《どうくつ》などの自然界であれば、昆虫やら蛇やらがうようよと待ち構えている可能性だってあるのだ。

ユウリが頷《うなず》く。

「冒険は、艱難辛苦《かんなんしんく》が待ち構えているからこそ、冒険なんだと思うけど？」

「そうかもしんないけど、まさか、ゴキちゃんとか、出ないよな？」

「苦手？」

「当然」

「まあ」

ユウリが首を傾《かし》げて考え、続ける。

「百年も経《た》っていれば、もう生ゴミなんかは乾燥しているだろうし、そもそも、害虫などのたまり場になるような環境なら、まわりから苦情が出て、やっぱり百年も放っておかれないだろうから、きっと、それほどひどくはないと思うよ。きっと、忘れ去られても大丈夫なくらいの状態なんじゃないかな。――クモの巣くらいは、覚悟しないとダメだと思うけど」

ユウリが推測すると、前を歩いていたモーリスが応じた。

「ユウリ様のおっしゃるとおりだと思います。この百年で、近隣住民から苦情が出たという報告はないようですので、ルブラ家の人間がなんらかの事情でここを出る際、長期間戻らないことを想定して出ていった可能性が大きいですね」

切れ者の権化ともいうべきモーリスの言葉で、ロウが安心したように頷いた。

「そうか。――なら、本当に大丈夫そうだな」

「うん」

ユウリも頷き、「あとは」と続ける。

「見てのお楽しみ」

「鬼が出るか、蛇《じゃ》が出るか。――でなきゃ、キャプテン・キッドのお宝か」

するとと、スマートフォンをチェックしていたモーリスが、それを操作しながら言った。

「残念ながら、キャプテン・キッドは海賊ですので、パリの街中でその隠し財宝が見つかるとは思えませんが、部屋の住人であったジュヌヴィエーヌ・ルブラは――」

「ジュヌヴィエーヌ・ルブラっていうのは、今回亡くなった女性のお母さんだっけ？」

ここに来る前に聞いた情報をロウが繰り返したので、モーリスが、「はい」と頷いて、先を続けた。

「ジュヌヴィエーヌ・ルブラは、その美貌《びぼう》から、二十世紀初頭の社交界を賑《にぎ》わせた女性ですが、ある時を境にふっつりと表舞台から姿を消したため、人々の記憶から忘れ去られてしまったようです。ただ、もともとはそれなりの資産家だったようなので、案外、高価な美術品や宝石類が残されている可能性はなくはないでしょう」

「――マジ？」

本気でお宝があるとは思っていなかったロウが、ゴクリと唾《つば》を飲み込む。

「はい。かなり期待してよろしいのではないかと――」

そう告げたモーリスが、一つの部屋の前で足を止めた。それから、旧式の鍵《かぎ》を取り出すと、ロウのほうに差し出しながら重々しく告げる。

「お待たせいたしました。こちらの部屋でございます」

「――ここ？」

鍵を受け取ったロウが、迷うようにユウリを見た。

「なんか、緊張してきた。……本当に、開けていいと思う？」

「もちろん、いいと思うよ」

というより、駄目な理由が見つからない。

そこで、ロウが鍵を鍵穴に差し込み、「うっわ、ドキドキする」と言いつつ、ゆっくりと回した。

カチャッと。

旧式の鍵が外れる音がする。よくここまで誰も忍び込まなかったと感心せずにはいられないくらい、簡単に開けられそうな鍵である。

部屋に入ってまず驚いたのは、入り口の番をするかのように、ライオンの剝製《はくせい》が置かれていたことだった。

「ぎゃ」

「うわっ」

最初に遭遇することになったロウが、驚いて飛《と》び退《の》き、ユウリとぶつかったところで恐る恐る振り返る。彼らのあとをついてくるはずだったモーリスは、部屋に入る直前に鳴りだした電話に出ていたため、この場には居合わせなかった。

「――びっくりした。なんだ、これ」

「ライオン……だね」

答えたユウリが、ロウを支えながら同調する。

「たしかに、これはびっくりする」

「……生きてないよな?」

「たぶん」

ユウリが、コートダジュールの家から持ち出した指輪をはめたほうの手を伸ばし、ライオンの頭を撫《な》でながら横を通り過ぎた。本物の目の代わりにはめ込まれたガラス玉が、光の加減でキラッと光る。

そのあとを、おっかなびっくりついていきながら、ロウが呆《あき》れる。

「この家に住んでいた人って、どんな趣味をしていたんだろう?」

「さあ。わからないけど、もしかして、当時は、こういうのが流行《はや》っていたのかもしれない」

めったに手に入らないようなものを飾ることは、権力を誇示することであり、案外、この手の剝製は、イギリスの城などでも見かけることがあった。――ただ、残念ながら、ユウリの家では見たことがない。

「にしたって、ライオンだぞ。ゴキちゃんを怖がっていた自分が、バカみたいだ」

「そんな、しかたないよ。これは、誰にとっても予想外だし」

「だよなあ。――あ、見ろよ、フォーダム」

短い廊下を進んだ先にあった部屋の中は、予想に違《たが》わず、まさに百年前で時が止まってしまったかのようなレトロな造りであった。

模様のある壁。

くすんだ色合いのカーテン。

さらに、家具にかけられた白い布を取り去ると、その下からはロココ調の豪奢《ごうしゃ》なソファーやテーブル、椅子《いす》などが現れる。

宙に舞う埃。

壁にはめられた鏡も、金で装飾的な縁取りがされた立派なものである。

他《ほか》にも、あちこちに飾られた絵画や書籍の類いも、それなりに価値がありそうだ。特に書籍は、当時、ふつうに買った初版本が、現在、数十倍の値がつくお宝に化けている可能性は高いだろう。

それらすべてのものの上に、埃とともに長い年月が堆積《たいせき》していた。

静かに。

ゆっくりと。

時が降り積もった百年前の部屋。

それなのに、なぜだろう。

ユウリは、この瞬間、部屋の中に人が住んでいるような気配を、ほんのわずかだが感じ取っていた。

誰かが、どこかで、何かの訪れを待っているような――。

そして、その想《おも》いは、ロウが部屋の窓を開けた瞬間に、強くなる。

二月の冷たい風が流れ込み、部屋の温度を一気にさげた。


……早く。

……誰か、早く。


ふいに、そんな声まで聞こえたような気がしたユウリがハッとして、キョロキョロとあたりを見まわす。

だが、残念ながら、それははっきり聞こえたというよりは、耳に残るか、残らないかというくらい微小なものであったため、さすがのユウリといえども、その真偽を見極めることはできなかった。

（……気のせい？）

ユウリが考えていると、隣でロウが興奮した様子で声をあげる。

「なんか、すげえ」

それから、あちこち視線を投げながら「こんなの」と続けた。

「俺、映画とかでしか、見たことないや」

「そうだね」

ユウリも、ロワールの城などで、これに近いものはよく目にしているが、生活の場でもある城の中は、同じようなロココ調の家具でも、もう少し現代風に調えられていた。少なくとも、これほどまでにレトロ調なものは、あまり見たことがない。

あるいは、まったく同じ年代のものでも、人が使っているのといないのとでは、家具の放つ雰囲気も変わってくるのか。

手近な椅子の背に手を滑らせたユウリに、奥まで歩いていったロウが言う。

「うわ。――なあ、おい、フォーダム。こっちにも部屋があるみたいだぞ」

ユウリが目を向けると、壁の一部に奇妙な模様が描かれていて、どうやら、そこが扉になっているようだった。しかも、迷路のような図柄がデザインされた扉の前には、少々不気味な牛頭人身像が置いてある。

隣に並んだユウリに、ロウが感想を述べる。

「これって、なんか、秘密の部屋っぽくないか?」

「うん」

「しかも、妖《あや》しげな儀式とかしていそうな」

「そうだね」

応じたユウリが、ふっと首をめぐらせて背後に視線をやる。誰かに見られている気がしたのだが、もちろん、そこには誰もいない。

代わりに、入り口のほうで、ガタッと大きな音がして、続いてゴンッと何かがぶつかる重い音がした。想像するまでもなく、遅れて部屋に入ろうとしたモーリスが、ライオンの洗礼を受けた音だ。

案の定、しばらくすると、何度も背後を振り返りながら、珍しく動揺した様子のモーリスが部屋に入ってくる。それから、部屋の窓が開いているのを見て、寒そうに身体《からだ》を震わせると、すぐさま窓を閉めに行く。

風の流れが止まった部屋の中で、ロウが言った。

「それにしても、これって、どうやって開けるんだろう?」

開け方がわからずに苦労するロウの横からユウリが手を伸ばし、迷路のような図の中心部分に触れて、体重をかけた。

とたん、思ったよりあっさり扉が開く。

「開いた！」

喜んだロウが、ユウリを振り返って誉《ほ》める。

「すごいじゃん、さすが、フォーダム、――でも、なんでわかったわけ？」

最後は不思議そうに首を傾げたロウに対し、どことなくぼんやりとした様子のユウリが「わからない」と答えた。

「ただ、なんか、そうするように思ったんだ」

「へえ。第六感ってやつ？」

そんなことを言いつつ、扉を大きく開いた彼らの前に現れたのは、黄色に染まった部屋だった。それも、ただ黄色く塗られているのではなく、壁一面に黄色い花が描かれているために黄色いのだ。

「おお、こっちも、ある意味すげえ」

驚きに言葉も出なかったユウリの横で、ロウが言う。

「これって、寝室だよな？」

「……たぶん」

「でも、なんか、これだと落ち着かなくね？」

たしかに、灰色の陽射《ひざ》しが射《さ》し込《こ》む部屋は、寝室にするにはどうにも装飾過多である気もしたが、百年前の薄暗い灯火のもとでは、案外、ほんわかと落ち着きがあったといえなくもない。

それに、そんなことより、ユウリの気を引いたのは、壁に描かれた絵のほうだ。

なぜだか知らないが、その絵を見ていると、身の内から、懐かしさと切なさがこみあげてくる。

その想いに突き動かされるように、ユウリが口にする。

「……これって、ミモザかな?」

すると、ロウではなく、彼らの背後で答える声がした。

「うん。ミモザだね」

甘く響く、なんとも貴族的な声。

その声でパッとユウリが振り返ると、いつの間に来ていたのか、部屋の中にシモンの高雅な姿があり、脱いだカシミアのコートをモーリスに預けながら、「やあ、ユウリ」と挨《あい》拶《さつ》を寄越した。相変わらず、冬の淋《さび》しい景色の中でも光り輝くような神々しさである。

「シモン――」

2

彼女は、ずっと待っていた。
ずっと。
ずっと。
彼女の眠りを覚ましてくれる存在を。
このたゆたうような時の淀《よど》みから、救い出してくれる人のことを。

まだかしら……。
まだ、来ない？
早く。
早く、来て。
ずっと待っているの。
孤独とともに。
忘れ去られた空間で。
出逢《であ》いの訪れを夢見ながら……。

すると、ついに、その日がやってきた。
予感とともに、近づいてくる足音。
それも、一つではない。
二つ。
三つ――？
そして、長き沈黙を破り、とうとう扉は開かれた。
外気と一緒に流れ込んできた時間が、停滞していたこの場の時をふたたび動かす。
同時に、彼女は目覚めたのだ。
長い、長い眠りからの目覚めだった。
最初はぼんやりしていて、よくわからなかった。
意識がはっきりしない感じだ。
だが、窓から風が流れ込んでくるのを感じた瞬間、しっかりと覚醒《かくせい》した。
目覚め。
そして、次は――。
（やあ、ユウリ）
まばゆいほど光り輝いている青年がやってきて、そう言った。

きっと、この人こそ、私の待っていた人。

お姫様を目覚めさせるのに、ぴったりな王子様。

貴方《あなた》が来るのを、待っていた。

ずっと。

だから、早く。

早く、私に気づいて。

私を、ここから解放して――。


近づいてきたシモンが、ユウリの頰《ほお》に軽くキスして言う。

「大変だったね、ユウリ」

「シモンこそ」

応じたユウリが、続ける。

「まさか、ここに寄る時間が取れるとは思わなかったし」

「まあね」

肩をすくめたシモンが、「でも」と悪戯《いたずら》っ子《こ》っぽく笑う。

「百年もの間、閉ざされていた部屋があると聞いたら、さすがの僕だって、好奇心がうずいてしまって、素通りすることなんてできないよ」

それから、ロウを振り返って遅まきながら挨拶する。

「やあ、ロウ」

シモンの登場に緊張を隠せないでいたロウであったが、ユウリとのやり取りを見ているうちに落ち着いたのか、なんとかふつうに会話する。

「やあ、ベルジュ。今回は、本当に面倒なことを頼んでしまって申し訳ない。——でも、おかげで、マジ、助かっている」

「それはよかった」

そこで、シモンが改めて部屋の中を見まわし、「だけど」と続けた。

「なんだか、すごいことになっているようだね」

「うん。正直、パニックだよ」

ロウの飾りっ気のない素直な感想に苦笑したシモンが、モーリスからタブレット型のパソコンを受け取り、ページをスライドしながら「とはいえ」と説明する。

「ここに、以前、君の遠縁に当たるジュヌヴィエーヌ・ルブラという女性が住んでいたのは、確かだよ。ただ、賃貸物件なので——」

「え?」

話の途中ではあったが、ユウリが意外そうに口をはさんだ。

「賃貸？」

「そうだけど、何か気になることがある？」

「だって」

シモンの澄んだ水色の瞳《ひとみ》を見つめながら、ユウリが混乱した様子で確認する。

「この部屋、百年間、誰も住んでいなかったんだよね？」

「うん」

「なのに、誰かが家賃を払っていたということ？」

「そう《ウィ》」とシモンが母国語で短く肯定し、「言ったように」と英語で続けた。

「ジュヌヴィエーヌ・ルブラという女性がね」

「つまりは、亡くなったカトリーヌのお母さん」

言い直したユウリが、訊く。

「その人って、まだ生きているの？」

「まさか」

シモンが小さく笑って「生きていたら」と答える。

「ゆうに百歳を越えていることになる。それこそ、百二十歳とか百三十歳にくらいになっているはずだ」

「だよね」

納得したユウリが、「だけど、それなら」と続ける。

「家賃を払っていたのって」

元の質問に戻ったところで、シモンが「だから」と説明した。

「資産家だったジュヌヴィエーヌ・ルブラの信託財産から自動的に引き落とされる契約になっていたんだ」

ユウリが、意外そうに訊き返す。

「自動的に？」

「うん」

「百年間、ずっと？」

「支払われていたよ」

シモンが当然のごとく答えた。

その様子からして、ユウリにとってはありえないことでも、シモンにとってはなくはないことであるらしい。もしかしたら、ベルジュ家も、どこかに百年単位で契約している不動産があるのかもしれない。

ユウリが、駄目押しで尋ねる。

「それって、今も？」

「……うん、まあ、そうだね」

返答に含みを持たせたシモンが、「――ただ、話を少し戻すと」と続ける。

「たしかに、ここにあるものは、コートダジュールの家と合わせてロウの家族に残された財産であるのだけれど、今も話したように、この部屋自体は賃貸ということで、部屋と家具類は相続財産の目録に入っていない」

ロウが言う。

「当然、貸し主のものってことだ」

「そう。――ということで、いちおう、もともとこの部屋に付随していたもののリストを取り寄せておいたから、財産目録と比較してみるといい。――間違いはないはずだけど、万が一ということもあるから」

だが、せっかくの申し出も場合によっては無駄になるようで、なんとも面倒くさそうな表情になったロウが、「え、いいよ」と応じる。

「ベルジュのことは百パーセント信じているので、適当にやって」

「……まあ、それは構わないけど」

シモンが、チラッとモーリスと視線を交わした。彼らなら、契約書に記載すべき事柄を、他人任《ひとまか》せにすることは絶対にないが、世の中には、おおざっぱな人間もけっこういるのだろう。

シモンが続けた。

「それなら、手続きはすべてこちらに一任するということで、いちおう、この物件については、別途契約書を作るので、それに、またバーバラ・コールのサインをもらうことになると思う」

「そうなんだ」

受け答えをしながらそのへんのものを触っていたロウが、贅沢《ぜいたく》な文句を言う。

「う～ん。だんだん、面倒くさくなってきたぞ」

とたん、モーリスが眼鏡の奥の目を細め、険呑《けんのん》にロウを見た。

その気持ちも、わからなくはない。

これは、ロウの家の問題であり、本来、シモンはここに来る必要などないのに、わざわざ、友人たちのために忙しい時間を割いて来ているのだ。それだというのに、渦中の人間がここまでやる気がないとは、腹立たしい以外のなにものでもないのだろう。

そのあたりの事情を察したユウリが、両者を取り成すように横から言った。

「ロウは、きっと、慣れない土地で疲れてしまったんだね」

それから、シモンを見て訊く。

「よかったら、どこかそのへんで、お茶でもしながら話さない？」

シモンが、腕時計を見おろしてから応じる。

「そうだね。僕も、少しなら時間が取れるし」

　すると、すかさずモーリスが異議を唱えようとした。

「そうはおっしゃいますが、シモン様、晩餐会《ばんさんかい》にその――」

　恰好《かっこう》で出席するのはまずいと言いかけたのだが、皆まで言う前に、シモンが警告するように名前を呼んだ。

「モーリス」

　それだけで、雇用主の友人たちの前で出すぎたことを言わんとしていたと気づいたモーリスが、「失礼しました」と謝ってから、おのれの取るべき道を取る。

「間に合うよう、すぐに手配します」

「そうしてくれるかい」

　そこで、モーリスが部屋を出ていこうと踵《きびす》を返《かえ》した時だ。

『――あのぉ』

　入り口のほうで声がして、全員が振り返ると、そこにジーンズにシャツというラフな恰好をした女性が立っていた。

3

突然現れた女性に、当然ユウリたちは驚いたが、女性のほうは、もっと驚いている様子だった。

何に対してかといえば、まず間違いなく、シモンの存在に対してだ。

なぜかわからないが、シモンの姿を見たとたん、その女性の中で、「この人だ――」という確信が生まれたのである。

理由は、彼女自身、わかっていない。

ただ、シモンを見た瞬間に、思ったのだ。

運命がやってきた――、と。

もちろん、シモンに一目惚《ひとめぼ》れをする女性は、この世にごまんといる。

中には、勝手に運命の相手と決めつけ、ストーカーまがいの行為に走る輩《やから》もいて、最近になって増えてきたその手の女性に対処するため、現在、ベルジュ・グループの中枢部には、シモン専用のストーカー対策班を結成し、いざという時のために身辺警護をつけようという動きが出てきていた。

今のところ、シモンは断固として反対しているが、刺されたあとでは遅いのだ。

現れた彼女も、そんな類いの一人と思えばそれまでだが、本来の彼女を知る人間であれば、首を傾げただろう。

たしかに、シモンは驚くほど恰好いい。

いや、すでに「恰好いい」などというレベルではない。

見るものを崇高な気持ちにさせる神々しさを放つ青年で、良識のある人間なら、あまりにも自分とはかけ離れた存在として、むしろお近づきになるのを避けてしまうタイプである。

そして、二十代半ばで、アルバイトをしながら歌手になることを夢見ている彼女は、どちらかといえば、良識のあるほうの人間だった。ふだんも、決して惚れっぽくはなかったし、ミーハーではあっても、付き合う相手は慎重に選ぶ。

それなのに、この時は、シモンの気を引きたくて、引きたくて、しかたなくなった。まるで、自分が自分ではないような、そんな高揚感である。

（間違いない。この人こそが、私の待ち望んでいた人――）

外部から擦り込まれるように、そんな想いが彼女の中に満ちていく。

熱のこもった眼差《まなざ》しでシモンを見つめる女性を、当然、モーリスは警戒する。

彼は、部屋を出ていきかけていたところから方向転換し、女性のほうに身体を向けて尋ねた。

『――失礼《パルドン》ですが、お嬢《マドモアゼル》さん、どちら様《キエ》ですか』

するとハッとした女性が、慌ててフランス語で自己紹介する。

『どうも《アロウ》。私、階下に家族と住んでいるエリーゼです』

『それはどうも、エリーゼさん』

彼女をシモンに近寄らせたくないと考えたモーリスが、眼鏡《めがね》の奥の瞳を冷たく光らせて続ける。

『それで、こちらには、何かご用があっていらっしゃったんですか？』

『……え、いえ』

ちらちらとシモンに視線を流しつつ、エリーゼは説明する。

『あの、ごめんなさい。用というほどの用はないんですけど、私、ずっと、上にどんな人が住んでいるのか気になっていて』

彼女は、言いながら、ずいっとシモンに一歩近づいた。意識して、というよりは、なにかに操られたような感じだ。

端然とその場に立ったまま、シモンが、水色の瞳を細めてそんな彼女を見おろす。

女性からこの手の秋波を寄せられることに慣れてしまっている彼にしてみると、彼女の視線はふつうの時と何かが違った。

何が違うのか。

少し観察するうちに、その違いがわかる。

彼女は、シモンを見ているようで、見ていない。

シモンではない、何かを求めているのだ。

ただ、それが何か、彼女自身にもわからず、なんとなく、目の前にいたシモンを対象としてしまっただけだろう。

となると、この女性が、自分の背後に何を見出《みいだ》そうとしているのか、それが気になってくる。

瞬時にさまざまな思考を巡らせながら、シモンが説明する。

『残念ながら、この部屋には、長い間、人は住んでいませんでしたよ』

『え、そうなの？』

ひどく意外そうに彼女は驚き、あたりを見まわしながら続ける。

『でも、それは変ね』

『変？』

『ええ。──だって、私、よく夜中にこの部屋で人か動物が歩きまわるような音がするのを耳にしていたもの。文句を言うほど大きな音ではなかったから、気にしていなかったけど、夜中に動きまわるなんて、いったいどんな人が生活しているのかと、前から不思議に思っていたのよ』

『足音……』

今度は、シモンのほうが意外そうな表情になって、『本当に』と確認する。

『足音がしていたんですか？』

『ええ』

シモンがモーリスと顔を見合わせてから、腑《ふ》に落ちないように言う。

『たしかに、それは、変ですね』

この部屋は、間違いなく、百年の間、放っておかれていた。

それなのに、階下の住人は、人か動物の歩く音がしたと言う。

いったいどういうことなのか──。

不満げなモーリスが、眼鏡を押し上げて一つの可能性を口にする。

『それではまるで、この部屋には幽霊がいるみたいじゃないですか』

『たしかに』

頷いたシモンが、そのあとで、気がかりそうにユウリを見た。

この展開は、シモンにとって、あまり好ましいものではない。特に、ユウリが、こうしてそばにいるのであれば、なおさらだ。

ただ、その時のユウリはといえば、特に霊的なものに影響されている様子はなく、現実問題に対処するのに忙しそうであった。

というのも、この中で、唯一フランス語がわからないロウに肘《ひじ》でつつかれて催促されたのを受け、フランス語での会話を英語に翻訳している最中だったからだ。

「――でね、シモンたちが、それだと幽霊がいるみたいって」

説明が終わると同時に、ロウが遅れて驚く。

「マジか？」

「わからないけど」

そんな英語でのやり取りの間にも、フランス語の会話は続いた。

『それなら、やっぱり、あの噂《うわさ》は本当だったのかしら……』

エリーゼの意味深な言葉に、シモンが興味を示す。

『あの噂？』

だが、そのことをペラペラと話していいものかどうか迷ったらしい彼女が、シモンを見つめて、『その前に』と確認する。

『もしかして、誰か、この部屋に引っ越してこようとしているの？』

『いや。そういうわけでは』

言ったあとで、続ける。

『――まあ、いずれ、そうなるかもしれませんが』

『……そう』

彼女が、迷いを深くした様子であるのを見て取り、シモンが真意を探るような視線を彼女の上に注ぐ。

それは、彼に恋する女性であれば、卒倒しそうな状況《シチュエーション》であろう。

だが、案外、彼女は落ち着いていた。

シモンが確認する。

『——その様子だと、あまりいい噂ではないようですね？』

『そうね。正直に言うと、事故物件的な話よ』

『事故物件？』

シモンがチラッとモーリスに視線をやった。

短い時間ではあったが、このアパルトマンのことは、ある程度調べさせているはずだからだ。

視線を受けたモーリスが、首を横に振って否定した。

『初めて聞きます』

『そう。——まあ、住人ならではの話かもしれないね』

推測したシモンが、エリーゼに視線を戻して言う。

『それで、それはどんな話でしょう。よければ、教えてくれませんか？』

『まあ、教えるのはいいんだけど、それで不動産の価値がさがったとか言って、私が訴えられたりしないかしら？』

『大丈夫です。貴女《あなた》から話を聞いたことは、誰にも言いませんから。――それに、すでに住人の間では噂になっていているんですよね？』

『まあね』

そこで、迷いを吹っ切ったらしいエリーゼが、『それが』と話し出す。

『なんでも、昔、この部屋に住んでいた女性は黒魔術に凝っていて、夜ごと秘密の儀式に明け暮れていたとかって。――しかも、どこからか連れてきた子供を殺して、生贄《いけにえ》にしたらしいの。その遺体は、いまだにどこかに隠されているという話もあって』

『生贄……？』

それは、さすがにぞっとする話だと思い、シモンとモーリスが、それぞれ周囲に視線を巡らせた。

まだ来たばかりで、彼らは部屋の中をすべて確認したわけではない。

となると、そのへんにある長持の中から、白骨死体が出てきたとしても、おかしくはないわけだ。

（あるいは、魔術書とか――）

シモンは、一昨日のアシュレイとの邂逅《かいこう》を思い出しながら、ふとそんなことを考える。

「ダーム・デュトワ」の素性はまだ判明していないが、あの時、アシュレイがバーバラ・

コールの名前を呟《つぶや》いていたことと、何か関係があるはずだ。

そこへもってきての、黒魔術の噂だ。

どうやっても、アシュレイの影がちらついてしまうシモンだった。

『ちなみに、それは、いつ頃の話として伝わっているんです?』

『さあ?』

どうやら、あまり具体性のある話ではないらしい。

そんな会話を交わすシモンとエリーゼは、どこか打ち解けた感じで、知らない人が見たら、二人が恋人同士か、でなければ旧来の友人と思っただろう。

ロウに英語で逐一説明しながら、ユウリは、そんな二人を切なげに見つめる。

何かが、つらい。

よくはわからないが、「そうではない」と否定する強い想いが湧《わ》き起こってくる。

(違うんだ……)


(違う。

そっちじゃない。

そっちじゃないのに……)

ユウリは、ハッとした。

一瞬、自分の思考が、何かとシンクロしたように思えたからだ。

（……今のは？）

自分が考えたことだったのか。

それとも、別の人間の願いなのか。

だが、そんな想いを発しているような存在を、ユウリはまだこの部屋の中に見つけていない。

なにかを探し求めるような焦燥感は、たしかにあった。

それは、部屋に入った瞬間からじわじわとユウリを包み込むようになっている。

けれど、今、ユウリが覚えた焦りは、その焦燥感とは別の、方向性を間違えていることを懸念するものであるように思えた。

この部屋で、すれ違う二つの想いが錯綜《さくそう》し、混乱しているかのように――。

それが伝わり、ユウリ自身も混乱していく。

わからない。

なにもかもが微弱で、ユウリの能力を以《もっ》てしても、はっきりとした感覚がつかみきれないのだ。

そのもどかしさ、切なさが、ユウリの心をさらにしめつけ、ユウリは、無意識にコートダジュールの家から持ち出した指輪を触っていた。

同時に、湧きあがる想い。


(そっちじゃなく、こっちを向いて……)

と——。

「なんだよ。フォーダム。まるで恋人に浮気でもされたような顔をして」

ロウにからかわれ、ユウリが「え？」と驚いて、ロウを見返した。

「僕？」

「そう」

頷いたロウが、シモンたちのほうを顎《あご》で指して続ける。

「あの二人のことを、すんごい切なそうな目で見ていた」

「嘘《うそ》」

信じられないという思いから、徐々に戸惑いを浮かべ始めたユウリが呟く。

「……本当に？」

その会話が耳に届いたのかどうか、シモンが、こちらにチラッともの思わしげな視線を向けた。それと同時に、ユウリの指に、今までシモンが目にしたことのない指輪があるのに気づいて、愁いが大きくなる。

本当に、これはよくない傾向だ。

そんな彼らの心情も知らずに、ロウが「なんだよ」と少々気まずそうに訊いた。

「もしかして、あんまり突っ込んで訊かないほうがよかった感じ？」

「まさか」

ユウリが、即座に否定する。

「そんなことは、まったくないよ。――ただ、なんていうか、自分でも意外で」

そう言い訳をしたユウリは、その場を誤魔化《ごまか》すように窓のほうを向く。

とたん、ギクリと身体を硬くした。

太陽が大きく傾き始めた冬の午後。

暮れ始めた通りの向こう側に、二つの人影が見えた。

赤毛の大男と黒衣の女。

薄暗い景色の中で、それははっきりと見分けられたわけではなかったが、ユウリには、彼らがコートダジュールの家の外で見た二人組と同じ人物のように思えた。

（――まさか）

ユウリは、息をつめたまま思う。

（ここまでついてきた？）

いったい、彼らは何者であるのか。

そして、誰になんの用があって、こちらの様子を窺《うかが》っているのか――。

『それじゃあ』

ふいに響いた声で、ユウリはハッと背後を振り返る。

そこでは、モーリスに追い立てられたらしいエリーゼが、挨拶をして引きあげるところだった。

『名残惜しいけど、戻るわね。――あ、何かあったら、いつでも来て。貴方なら、大歓迎よ』

最後までシモンに熱い視線を投げかけていた彼女であったが、部屋を一歩出た瞬間、まるで憑き物が落ちたかのようにその情熱は冷め、階段をおりる頃には、もう変わらない日常へと戻っていった。

4

いったん、九区にあるアパルトマンを出たユウリとシモンとロウの三人は、場所を移してお茶をしながら話すことにした。

向かった先は、シモンが、このあと出席予定の晩餐会が行われるホテルだ。

コンコルド広場に面した豪壮なホテルは、ユウリでもめったに足を踏み入れることはなく、ロウに至っては生まれて初めての体験となる。

しかも、ロビーラウンジではなく、わざわざ部屋を取って、そこでお茶をするというのだからすごい。

そのほうが、シモンがあとで着替えをするのに便利だし、ギリギリまでユウリたちと一緒にいられるという理由であったが、その裏には、ベルジュ家が使用している部屋に招き入れてのお茶であれば、その場での会計にはならないため、友人たちに支払いの心配をさせずにすむというシモンなりの配慮があったのだろう。

ちなみに、モーリスは、シモンが晩餐会で着る服を取りに、パッシー地区にあるベルジュ家の別邸へと戻ったため、ここにはいない。

「……すごい」

もの珍しそうにあちこちを見ながら、ロウが感想を述べた。

それもそのはずで、ソファーセットの他に事務机などもある広い部屋には、独立したベッドルームが別に二つあるという豪華さなのだ。そんなホテルの部屋を、ロウは写真や映像でしか見たことがなく、正直、今日一日見てきた部屋の中で、いちばんインパクトがあったかもしれない。

さすがに、見慣れているユウリは、シモンとソファーに座り、給仕の手でカフェオレが注がれるのをジッと見ていた。

英国のようなアフタヌーン・ティーではないにせよ、テーブルの上には、それにまったく劣らない感じで、サンドウィッチやスウィーツが所狭しとばかりに並んでいる。

給仕がさがったところで、シモンが「ところで」とユウリに訊く。

「一つ、訊いてもいいかな、ユウリ?」

「――なに?」

ぼんやりしていたユウリが、わずかに遅れて顔をあげた。

その様子を気がかりそうに見つめながら、シモンが切り込む。

「時間がないので、単刀直入に訊くけど、その指輪はどうしたんだい?」

「ああ、これ?」

指輪を触ったユウリが、「これは」と説明する。

「ほら、シモンってば、ロウに、コートダジュールの家を処分してしまう前に、どうしても持って帰りたいものがあれば、持っていっていいと言ったんだよね？」

「言ったよ」

「それを受けて、ロウが、僕にも、この旅行の記念に、何か一つ持っていけばと言ってくれたので、この指輪をもらったんだ」

「つまり、それは、ルブラ家の遺産の一つ？」

「……うん。そういうことになるかな」

ユウリが指輪を見おろして認めたので、シモンが手を差し出し、なかば強制のように尋ねた。

「ちょっと見せてもらってもいいかい？」

「もちろん」

そこで、指輪を外したユウリが、それをシモンに手渡す。

見たとたん、シモンが断定した。

「これは、ギメル・リングじゃないか。——しかも、かなりの年代物だ」

「ギメル・リング？」

聞いたことのない言葉に、ユウリが首を傾げて問い返した。

「初めて聞くけど、それって何？」

「ギメルは」

シモンが、指輪を検分しながら説明する。

「『双子』という言葉に由来しているもので、対になる二つの指輪が一つの指輪になるような作りのものを指して言う」

「二つの指輪が一つに……」

「その形態から、結婚指輪や婚約指輪に好まれることが多いけれど、最近のギメル・リングは、二連、三連の指輪が外れないようになっていて、恋人同士が、それぞれギメル・リングを作って身に着けるようだね。——ただ、もともとは、この指輪のように、片方を取り外すことができて、外したものを、婚約者同士が一つずつ指にはめ、結婚式を迎えたあとで一つの指輪にし、たいてい花嫁がはめるという使われ方をしていたようなんだ」

「……へえ」

感心したユウリが、「なんか」と続ける。

「すごく、ロマンチックだね。——ということは、指輪が作られた年代から考えても、これの片割れは、ジュヌヴィエーヌの夫か、恋人が持っていたのかな？」

「その可能性は、大いにある」

認めたシモンが、指輪を触りながら、「ただ」と続けた。

「こちらの調査によると、ジュヌヴィエーヌは生涯独身であったから、なんらかの事情で

結婚できなかったのだろうな」

「独身?」

意外そうに、ユウリが言う。

「でも、カトリーヌって、ジュヌヴィエーヌの娘なんだよね?」

「そうだけど、この世に未婚の母は大勢いるよ?」

当たり前の指摘を受け、自分の愚かさを恥じるように「あ、そっか」と首をすくめたユウリが納得する。ユウリの場合、偏見があるわけではなく、単に恋愛関係全般に疎《うと》いだけだった。

「言われてみれば、そうだね。だから、片方だけなのか」

「うん。——それに」

シモンが、指輪から目を離し、彼方《かなた》を見るように水色の瞳を細めて言う。

「あの寝室のことを考えると、彼女は、実際、人には言えない秘密の恋人がいた可能性が高い」

「本当に?」

漆黒の瞳を向けたユウリが、「でも」と疑問を口にする。

「どうして、そんなことがわかるの?」

「ミモザだよ」

「――ミモザ？」

たしかに、あの寝室には、一面、ミモザの絵が描かれていたが、それが、なぜ「人には言えない秘密の恋人」に繋《つな》がるのかがわからない。

ユウリが、興味を覚えて尋ねる。

「ミモザが何？」

「花言葉だよ。ミモザの花言葉には、『秘密の恋』というのがあって、さらに、あの部屋の扉に描かれていたのは、クノッソスの迷宮を表す図だった。――クノッソスの迷宮といえば、『秘密』を閉じこめるために造られたもので、一五〇〇年頃に作られた『ミンネの小箱』には、このクノッソスの迷宮の図が描かれた。『ミンネ』というのは、中世ドイツ語で『愛』を意味した言葉で、当然、そこには、『二人の関係は秘密にしよう』という意味合いが込められている。おそらく、当時の宮廷などでは、不倫やら何やら、秘密にしたいことがたくさんあったんだろう」

「……なるほどねえ」

そこで、漆黒の瞳を翳《かげ》らせたユウリは、あの部屋で感じた混乱や焦燥感のことを考える。

（あれは、もしかしたら、あの部屋で繰り広げられた複雑な恋愛模様によるものだったのだろうか……）

だが、だとしたら、部屋の外にいた、あの二人組は、どう絡んでくる？

悩ましげな表情になったユウリを見つめ、シモンが「もっとも」と告げる。

「ギメル・リングに話を戻すと、これは、別に恋人同士に限ったものではないので、僕たちでも作ることは可能だよ」

「え、本当に？」

「うん。たとえば、友愛の印になるような文字を刻むだけで、指輪の持つ意味合いはいくらでも変えられる」

「なるほど。……それは、なんかいいかも」

乗り気の返事を得たところで、側面の文字に触れたシモンが、「ふうん、意外だな」と呟いた。

気づいたユウリが、身を乗り出して訊く。

「意外って、何が？」

「ここに刻まれている文言だよ」

言われて、ユウリが思い出す。

「ああ。『Tu《トゥ》 fui《フィー》』だっけ？」

「そう。これには続きがあって、おそらく、それはもう片方の指輪に刻まれているのだろうけど、正直、あまり、恋人たちの間で交わす言葉ではない。——そんなロマンチックなものではなく、僕の記憶に間違いなければ、誰かの墓碑に刻まれた文言だ」

「墓碑？」

「うん」

たしかに、それは、恋人同士の甘い誓いなどとはほど遠い。

ユウリが、考え込みながら訊く。

「それなら、続きって？」

「――『ego eris《エゴ　エリス》』」

シモンが詠《うた》うように答えた言葉を、ユウリが繰り返す。

「『ego eris』？」

「そう。意味は、『汝《なんじ》は、我になるであろう』だ。続けると、『我は汝であった。汝は、我になるであろう』だよ。墓碑に対面した生者に対し、お前もいつかは死者になると言っている、いわば、ラテン語の常套句《じょうとうく》である『死を忘れるな《メメント・モリ》』の変形と考えていい」

そう言ってユウリに指輪を返したシモンが、その流れでユウリの手を握り、軽く身を乗り出してから、「――ところで、ユウリ」と目を覗《のぞ》き込《こ》むようにして確認した。

「君は、大丈夫なのかい？」

ドキッとしたユウリが、動揺を隠せずに訊き返す。

「だ、大丈夫って、何が？」

「いや」

ユウリから視線を外さず、シモンは懸念を表明する。

「なんとなく、さっきから様子がおかしいようだから」

「え、本当に？」

ユウリが、戸惑ったように尋ねる。

「たとえば、どんなところが？」

「そうだね、さほど具体的なことは言えないんだけど、見ていて、なんとなくそう思えるんだよ」

そう告げたシモンが、「――君こそ」と言う。

「自覚はないのかい？」

もちろん、多少思うところはあったが、それをシモンに告げるのははばかられた。それでなくても、もう十分時間を取らせている。

そこで、ユウリは、安心させるように答えた。

「たしかに、状況が状況だから、少しは死者に影響されているのだと思うけど、心配するようなものではまったくないから、大丈夫。――ロンドンに帰る頃には、元に戻っていると思うよ」

「――本当に？」

「うん」

「信じていいんだね？」

その確認には、ユウリがとっさに答えられずにいると、彼らの背後で「コホン」というロウの咳払《せきばら》いが聞こえたため、それ以上の追及はされずにすんだ。

二人が振り返ったところで、ロウが言う。

「もしかして、俺、邪魔？」

「まさか」

手を握り合っている状況は、変な誤解を招いてもしかたのないものであったが、シモンもユウリもまったく慌てることなく手を離し、ユウリが応じる。

「ごめん。ちょっとプライベートな話をしていたんだ」

シモンはシモンで、少々皮肉混じりに言い返す。

「ロウこそ、興味は尽きないようだったけど、満足したかい？」

「したよ」

言ってから、テーブルの上の食べ物に興味を移して訊いた。

「なあ、ベルジュ。これも写真に撮っちゃダメ？」

ロウは、最近の若者らしく、ブログや投稿サイトなどを利用していて、今回の旅の合間にも、あちこちで写真を撮っていた。

ただ、今後、オークションにかけることなどを踏まえ、相続した遺産の写真を公開することは、あらかじめ交わしていた契約書の中で禁じられていたため、写真は撮れても、それを利用することはできずにいる。

さらに、ベルジュ家御用達《ごようたし》であるこのホテルの部屋については、写真を撮ることすら許可されず、それならせめて、食べ物くらいは撮影させてほしいというお願いであった。

「そうだね」

溜《た》め息《いき》をついたシモンが、しかたなさそうに許可を出す。

「テーブルの上だけなら、いいよ」

ロウとは対照的に、ユウリもシモンも、私生活を明かすような趣味は持ち合わせていないし、ふだん親しくしている友人たちも、おおかたがそうである。ただ、芸能人であるオニールと女友達でやはり女優のユマ・コーエンは、ファンのためにブログを公開していて、定期的に写真を載せたりはしていたが、それだって、決してのべつまくなしに撮りまくるわけではない。あくまでも宣伝効果を考えて載せているに過ぎず、露悪趣味によるものではなかった。

ロウが自分のスマートフォンでテーブルの上の景色を撮り終わったところで、彼らは、お茶に手を伸ばす。

食べながら、途中になっていたことを話題にした。

口火を切ったのは、やはりシモンだ。

「さて、それで、あの部屋の話の続きだけど」

「そうそう、なんだっけ？」

うろ覚えのロウが訊いたので、シモンは少し戻ったところから説明を始めた。

「たしか、あの家が賃貸物件で、ロウの家が相続するのは――より正確に言うなら、お祖母《ばあ》さんのバーバラ・コールが相続するのは、になるのだけど――、賃貸物件に付随する家具類以外のものになるというところまで、話したのだったと思う」

「ああ、そうだった。それで、それについては、新たに契約書を作成するんだよな？」

「そう。――ただ、今回は、いろいろと面倒なこともあるようなので、すべてにけりがつくまで、多少時間がかかると思うんだ」

「どれくらい？」

「わからないけど、ここで、一つ問題なのは、賃貸契約についてだよ」

「賃貸契約？」

食べたことでエネルギーが回復したのか、先ほどの投げやりな態度とは一変し、ロウは熱心に話を聞いている。

「そう。ジュヌヴィエーヌ・ルブラの遺言では」

タブレット型のパソコンをスライドしながら、シモンが詳しく説明する。

「娘のカトリーヌ・ルブラが亡くなるまでという条件で、あの家の家賃を払い続けることになっていたため、彼女が亡くなった今、家賃の支払いはやがて止まり、あの家の賃貸契約は、その時点で終了することになる」

「ということは、つまりどういうこと？」

　ロウの考えを代弁する形で、ユウリが尋ねた。

　シモンが、苦笑気味に応じる。

「当然、家主から立ち退きが要求されるだろうね」

「立ち退き？」

　困ったようにロウと顔を見合わせたユウリが、「でも、そうなると」と続ける。

「あの部屋にあるものは、どうなるわけ？」

「もちろん、引きあげて、別の場所に保管するしかない」

　ロウが、眉《まゆ》をひそめて言う。

「それって、別の物件を借りるってことか？」

「そうだね。でも、これだけの好条件の物件はなかなか見つからないし、引っ越しにもそれなりの資金が必要となってくる。なので、もし、ロウのほうで、このまましばらく賃貸契約を続けたいというのであれば、手を打つことは可能だよ。――まあ、せめて、遺産の整理がつくまででも」

「そうなんだ?」

拍子抜けしたように首を傾げたロウに、シモンが「実は、幸いにも」となんでもないことのように付け加えた。

「あの建物は、ベルジュ・グループの不動産部門が管理している物件の一つだったので、頼めば、それなりに融通が利く」

「——え?」

びっくりしたロウが、ユウリと顔を見合わせてから訊き返す。

「ってことは、あの建物がすべて、ベルジュの家のものってこと?」

「まさか」

シモンが、笑って否定した。

「僕の家のものではないよ。単に、グループ会社が管理しているというだけだから」

正確を期すようにシモンは言い直したが、違いのわからなかったロウが、かんじんなことだけを確認する。

「でも、ベルジュは、そこのトップの後継ぎなんだよな?」

「……まあ、そうだけど」

とたん、思わず小さく口笛を吹いてしまったロウが、しみじみと言う。

「やっぱ、ベルジュって、ふつうじゃない」

5

晩餐会に出席するシモンと別れ、ロウとともに、もう一度、九区のアパルトマンに戻ったユウリは、部屋を見まわしながら、誰にともなく疑問を投げかける。

「考えてみれば、なんで、百年もの間、このままにしておいたんだろう……？」

すると、所在なげにしていたロウが、振り返って訊き返した。

「それ、俺に訊いている？」

「え？　――いや、ううん。ただの独り言」

「よかった。俺に訊かれても、わかんないし」

「だよね」

苦笑したユウリが、ふと窓から外を見おろし、漆黒の瞳を不安げに細める。

相変わらず、そこに彼らはいた。

赤毛の大男と黒衣の女。

西に沈んだ太陽が、最後の残照を投げかける中、通りに立って、こちらの様子をジッと見あげている。

しかも、先ほどは通りの向こう側だったのが、今はこちら側に近づいてきている。

彼らの目的は、なんなのか。

今の段階ではまったくわからないが、ユウリは、急がないといけないと、我知らず焦った。

急がないと、何かが永遠に奪われてしまう。

それはわかるのに、「何か」がわからずに、混乱している。

また無意識に指輪を触っていたユウリは、ポケットで携帯電話が鳴ったのに気づいて取り出すが、ユウリが電話に出る前に、それは切れてしまった。

知らない番号からの電話なので、間違い電話だったのだろう。

ついでに、メールをチェックしていると、背後でガタンと大きな音がしたので、びっくりして振り返る。

見れば、ロウが、床に置かれた荷物に足を取られたらしく、その場にひっくり返っていた。

「大丈夫、ロウ？」

「大丈夫じゃない」

慌てて近づいて助け起こしてやると、「イテテテ」と言いながら起きあがったロウが、不満げに言った。

「暗くて、足下がよく見えなかったんだ」

「たしかに、暗いね」

「なあ、フォーダム。まだここにいるつもりか?」

「なんで?」

「だって、もう暗いし、寒いし、なんかちょっと不気味だし、そろそろ帰らないか?」

「……そうだね」

　ユウリとしては、できればもう少しここにいて、何が、ユウリ自身を駆り立てるのか見極めたかったが、しかたない。

　明日、また時間を見て立ち寄ろうと考え、ひとまず部屋をあとにする。

　地下鉄を乗り継いでベルジュ家の別邸へと移動したユウリとロウは、そこで、執事に出迎えられ、昨日からの旅の疲れをゆっくり落とすことができた。

　この家にはパリに来るたびに泊まっているので、ユウリはもう慣れていたが、慣れないロウは、とてもはしゃいでいた。その様子から見て、どうやら、ロウの興味は、すでに相続した遺産から、ベルジュ家の豪華絢爛《ごうかけんらん》たる日常生活に向いてしまっているようだ。

　そんな中、シモン不在の夕食を終え、図書室で食後のコーヒーをいただく。

（ギメル・リングか……）

　今日の午後、シモンから教わったことを思い返しながら、ユウリは外した指輪をじっくりと眺める。

ギメル・リングには対になる指輪があって、それを恋人たちが結婚して一つにするまで、各自一つずつはめていたという。

（やっぱり……）

あの部屋で何かの訪れを待ち望んでいるのは、この指輪の片割れを持った恋人だろうか。言い換えると、この指輪がジュヌヴィエーヌ・ルブラの持ち物だったとして、片割れを持っているのは、彼女の恋人――？

だが、それにしたって、部屋を百年も空けておく意味がわからない。

あの部屋には何がいて、なんの訪れを待っているのか。

（誰かが、何かを待っていることだけは間違いないんだけど……）

さらに、あの謎《なぞ》の二人組のことも気になる。

ユウリが、あれこれと悩ましげに考えていると――。

「うわ。アクセス数が過去最高になった」

ロウが嬉《うれ》しそうな声をあげ、「なあ、フォーダム」と呼び寄せる。

「見てくれよ、これ」

それまでいじっていたスマートフォンの画面を向けられたのを受け、ユウリが近づいていって覗き込む。

それは、ロウが更新したらしいブログの画面で、タイトルは、『相続したのは、パリの幽霊屋敷⁉』となっている。

内容は、もちろん、階下の住人であるエリーゼに教えてもらったことを、ロウなりの言葉で書き連ねたものである。

以前、この部屋に住んでいた住人が、夜な夜な黒魔術の儀式をやっていたなどというオカルトめいた伝説は、なんともゴシックがかっていて興味をそそられたが、結局、「出現したのは、幽霊ではなく、この剝製のライオンだけでした」というオチで結ばれているあたり、なかなかうまいまとめ方といえよう。

ちなみに、ところどころに掲載されている写真は、モーリスの許可がおりた、迷路のような図の描かれた扉とロウがライオンの剝製と並んで写っているもので、扉の写真の下部には、「この扉の奥で、謎の儀式が⁉」というなんともオカルトめいたキャプションがつけられ、ライオンの剝製の写真は、先ほどのオチに使われている。

全体的に、とても手慣れた感じで、おもしろく読んだユウリが、スマートフォンを返しながら感想を言う。

「すごいね」

「……それだけ？」

ロウに上目づかいでせがまれ、ユウリは言葉を付け足した。

「えっと、おもしろかったよ」

「だよな」

嬉しそうに言ってスマートフォンを手にしたロウが、「——もっとも」と口惜しそうに続けた。

「ベルジュの私生活を描けないのは、本当に残念。――なんで、ベルジュは、ブログをやりたがらないいんだろう。始めたら、きっと、たちまちのうちにフォロワ数が伸びるのに」

それは、これ以上、人に注目されたくないだけだろうとユウリは思ったが、「きっと、時間がないいんだよ」と答えるだけに留《とど》めた。

そんなユウリに、ロウが言う。

「フォーダムの場合は、スマートフォンに変えるところから始めないとな」

「そうだね」

特にその必要を感じていないユウリであったが、いちおう同意し、話題にあがったついでにメールをチェックしておこうと、ポケットを探った。

だが、そこに携帯電話はない。

「――あれ？」

キョロキョロとあたりを見まわしたユウリが、少し考えてから、ロウに言う。

「ごめん、ロウ。僕のケータイに電話してくれるかな？」

すると、スマートフォンをいじっていたロウが、呆れたようにユウリを振り返った。

「なに、まさか、どこかに忘れてきた？」

「……かもしれない。とにかく、位置を確認したくて」

そこで、ロウが電話する。

今日は、いつシモンから連絡が入るかわからなかったので、いちおう、電源はオンにしてあった。

だが、どんなに耳を澄ませても、どこからも着信音は聞こえてこない。念のため、荷物を置いてある部屋にも行ってみたが、やはり、なんの音も聞こえなかった。

一緒にいたロウが、「おいおい」と、ユウリ以上に慌てる。

「最後に使ったのって、どこだった？」

「あのアパルトマンかな。電話が鳴ったので取り出して、そのあと……」

その時のことを思い出すように上を向いて考え込んだユウリが、「あ、そうか」とロウを見る。

「君が転んで、それを助け起こした時に――」

「そのへんに置いた？」

「……ような気がする」

そう言ったユウリが、踵を返しながら頼み込む。

「捜しに行ってくるから、ごめん、あのアパルトマンの鍵を貸してくれる？」

「いいけど、え、まさか、今から行く気か？」

「うん。このままにしておいたら気になって眠れないし」

「そうかもしれないけど」

ロウが戦《おのの》いた様子で、「でも」と忠告する。

「部屋の中は真っ暗だと思うし、それこそ、幽霊が出るかもしれないぞ？」

だが、そんなロウとは対照的に、「それは」とユウリが明るく言った。

「逆に好都合かも」

「好都合？」

「うん。幽霊が出てくれたら、いろいろとわからないでいたことがわかるかもしれない」

その前向きなのかなんなのか、わからない発言に対し、取り出した鍵を渡しながら、ロウがまたもやしみじみと言った。

「……やっぱり、フォーダムも、ふつうじゃない」

第四章　百年の秘密

1

一人、九区にあるアパルトマンに戻ってきたユウリは、鍵《かぎ》を開けて中に入った。そんなユウリを、ライオンの剝製《はくせい》が瞳《ひとみ》をキラリと光らせて迎えてくれる。

（……そういえば）

ユウリは、ふとコートダジュールの家にも、玄関脇《わき》にライオンの置物があったことを思い出す。

花壇に埋もれた感じが愛らしく、なんとなく印象に残っていたのだ。

（もしかして、ルブラ家の人間は、ライオン好きだったのだろうか？）

もっとも、置かれている場所が、どちらも入り口付近であることを思うと、好きというよりは、神社の狛犬《こまいぬ》のように、守り神の代わりであったとも考えられる。

予想していたとはいえ、部屋の中は暗かった。

ただ、完全に真っ暗かといえば、通りの灯火が室内を照らしていて、ものの輪郭をぼんやりと浮かびあがらせている。

ユウリは、来て早々、持参した懐中電灯を頼りに携帯電話を捜し始めた。

あの時、いったいどこに置いたのだったか。

いや、それ以前に、なぜ忘れてしまったのか――。

ユウリの場合、携帯電話を持たずに家を出てしまうことはしょっちゅうだったが、持って出た先で失《な》くしたことはない。それくらい、失くさないように注意している。失くすことで、大勢の人間に迷惑がかかるのがわかっているからだ。

それなのに、忘れて帰るなんて、大失態だ。

どうして、今日に限ってと思うが、そこで「――まさか」と、ある疑念を抱く。

(戻ってくるよう、何かに仕向けられたとか……?)

荒唐《こうとう》無稽《むけい》な話のようだが、ユウリの場合、絶対にないとは言い切れず、もし、本当にそうだとしたら、ユウリを呼び戻したものの話を聞く必要が出てくるだろう。

とはいえ、それがなんだかわからなければ、話を聞くにも聞きようがない。

(……困ったもんだ)

あたりを見まわしながら思うが、なんにせよ、今はとにかく携帯電話を見つけ出すのが先だと考えて、ガタン、ゴトンと、あちこちぶつかりながら捜しまわる。

と——。

「ニャア」

ふいに背後で猫の鳴き声がした。

「——え？」

驚いたユウリが振り返ると、そこには紛《まが》う方なく、まわりから押しつぶされたように中心に顔の寄った、愛敬のある猫がいた。

「嘘《うそ》、君、いったいどこから……」

来たのか。

ドアはきちんと閉めたはずだし、窓も開いていない。

猫が入ってくる場所はないはずだったが、現にこうしているのだから、どこかに猫専用の抜け道があるのかもしれない。

毛むくじゃらで、ふっさふっさと尻尾《しっぽ》を振る様子が、なんとも人をバカにしている。

だが、どこかで見たことのある猫だ。

しかも、尻尾を振りながら座っている猫の前足の下には、捜していた携帯電話があるではないか。

まるで、この猫が見つけ出したか、あるいは、管理していたかのように——。

「あった。――え、本当に？」

信じられない思いで呟《つぶや》いたユウリは、床に手をついて猫のほうに寄っていく。

「まさかと思うけど、もしかして、君が……？」

見つけてくれたのか。

でなければ、それ以前に、携帯電話を隠したか。

ユウリをここに呼び戻すために――。

（いやいや）

さすがにそれは考えすぎだろうと自分を戒め、とにもかくにも、携帯電話を取り戻したことに安堵《あんど》したユウリは、手を伸ばして猫の頭を撫《な》でてやる。

「よくわからないけど、ありがとう。助かったかも」

すると、企《たくら》みのありそうな金茶色の瞳を細め、猫がゴロゴロと喉《のど》を鳴らしながらすり寄ってくる。

それを抱きあげ、顔を近づけたユウリは、小さく首を傾《かし》げた。

「――にしても、君のこと、どこかで見たことがある気がするんだけど」

いったい、どこで見たのだったか。

つい最近だったように思う。

考え込んだユウリは、ややあって、目の前の猫が、午前中、コートダジュールの家に忍

び込んできた猫とそっくりであるのに気づいた。

「――え。まさか、あの時の？」

いや。だが、いくらなんでも、そんなわけはない。

隣近所ならともかく、コートダジュールとパリは、飛行機に乗っても一時間以上はかかる距離だ。

電車なら、六時間くらい。

（まして、徒歩なら……）

一日かけても無理だろう。

仮に、貨物列車か何かに紛れ込んできたとしても、その移動距離を考えると、すごい根性としか言いようがない。

どう考えても、現実的にありえないことであるが、ユウリには、二匹の猫が同一の猫に思えてしかたなかった。

（う～ん、どういうことだろう……）

まさか、空を飛んできたとか――。

魔女と猫には、それが可能にも思える。

ユウリが、猫を抱いたまま悩んでいると、それまでおとなしかった猫が、ふいに腕の中で暴れ出し、入り口のほうへ向かって「シャーッ」と威嚇《いかく》の声をあげた。

同時に、玄関で、「ぎゃっ」という悲鳴とともにガタガタッと不審な音がする。

ハッとしたユウリが、とっさに家具の陰に身を隠して様子を窺《うかが》う。

どうやら、誰か入ってくるなりライオンの剝製に驚いたようであったが、それが、もしロウやロウから連絡を受けたシモンであるなら、二度も驚いたりはしないだろう。

となると、闖入者《ちんにゅうしゃ》は、今、初めてこの部屋に足を踏み入れたということになる。

そんな人物に、ユウリは心当たりがない。

それより何より、この部屋に入ってすぐ、ユウリは、しっかり鍵をかけたはずだ。パリも、最近は物騒になっているので、鍵をかけずにいるのは危険だと思ったからだ。

もっとも、強盗にとって、この部屋の鍵を壊すことくらい朝飯前なのかもしれない。ユウリでさえ、最初に見た時に、壊しやすそうな鍵だと思ったくらいだ。

ユウリが緊張しながら暗がりで様子を窺っていると、ややあって、二人組の男が姿を現した。

暗いうえにフードをかぶっているので、顔はよく見えないが、まだ若い。少なくとも、歩き方からして、若者の部類に入るのは間違いなかった。さらに、強盗にしては身なりがよく、ふつうの学生と言っても通用する雰囲気《ふんいき》を持っている。

いったい、彼らの目的はなんであるのか。

ユウリが腕の中で身じろぎをする猫を撫でながら、絶対に鳴かないでくれと祈る。

そんなユウリの近くを通り過ぎながら、一人が文句を言った。

「――たく、なんなんだよ、あのライオン。驚かせやがって」

「でも、例のブログに書いてあったじゃないか。なのに、油断していたお前が悪い」

「うるさいな。まさか、入り口にいるとは思わなかったんだ」

（……例のブログ）

二人が話しているのは、ロウが書いたブログに違いない。

どうやら、彼らは、ロウがアップしたばかりのブログを読み、この場所に興味を持ってきたらしい。ただ、こんなこともあろうかと、ブログの中には場所を特定するような情報は入れていなかったはずで、どうやってこの場所を見つけ出したのかは、不明だ。

腕の中の猫が動くたびにユウリはドキドキしながら、少しずつ、玄関のほうへと移動していく。

ひとまず、部屋を出ようと思ったのだ。

その間も、謎《なぞ》の闖入者たちの会話は続いた。

「――で、本当に、ここに、『小さな鍵』があると思うのか？」

「ああ。絶対にある。例のブログにも、この部屋のどこかで、昔、黒魔術の儀式が行われていたと書いてあったろう」

「あったけど」

「きっと、その時に『小さな鍵』を使ったに違いない」

「どうかなあ」

片方が確信を持っているのに対し、片方は半信半疑であるようだ。その疑念を、彼は口にした。

「だけど、そのわりに、その後、コリン・アシュレイに動きはないじゃないか」

とたん、徐々に徐々に移動していたユウリが、ピタリと止まる。

（——アシュレイ？）

なぜ、ここにアシュレイの名前が出てくるのか。しかも、話しぶりからして、アシュレイのことをよく知っているようである。

もしかしたら、この男たちは、思ったより身近な人間なのかもしれない。

ユウリが、その場で考えていると、さらに驚くべきことに、彼らは、アシュレイだけでなく、隠れているユウリの名前まで出してくる。

「たしかに」

確信しているほうの男が、半信半疑の男に向かって反論する。

「あれ以来、アシュレイはなりを潜めているが、その代わり、あの男の忠実な僕《しもべ》であるユウリ・フォーダムが、昼間、ここに来ているんだ」

ユウリは、びっくりして、思わず立ちあがりそうになった。

（なんで？）

彼らが、ユウリのことやユウリの行動を知っているのだろう。

（もしかして、尾行でもされていたとか？）

だとしたら、その理由はなんで、彼らはここで何をしようとしているのか。

謎は深まるばかりだ。

そんなユウリの動揺も知らずに、男がさらに説得する。

「だから、ここで間違いないし、ユウリ・フォーダムが来たのであれば、おっつけ、奴《やつ》も来る。——だから、俺たちは、その前に、なんとしても『小さな鍵』を手に入れる必要があるんだ。今度こそ、絶対に、アシュレイの鼻を明かしてやるためにも」

彼らの目的がなんであるかは、相変わらずさっぱりわからなかったが、少なくとも、アシュレイの鼻を明かそうなどと無謀なことは、彼と付き合いの長いユウリなんかは、夢にも考えない。

アシュレイは、言うなれば、祟《たた》り神だ。

触らずに通り過ぎるに越したことはない。

そう思いながら、ユウリが、ふたたび、そろそろと移動し始めた時だった。

ピリリリリリリリッ。

ピリリリリリリリッ。

夜気を震わせて、ユウリの携帯電話が鳴り響いた。それまで、あまりにいろいろなことがありすぎて、電源を切るのをすっかり忘れていたのだ。

だが、まさか、このタイミングで鳴りだすとは、なんとも間が悪い。

(——やば!)

思った次の瞬間には——。

「誰だ!」

鋭い誰何《すいか》とともに、男たちが大股《おおまた》に近づいてくる気配がした。

一瞬、身のすくんだユウリであったが、すぐに防衛本能が働き、ユウリにしては珍しくばね仕掛けのように立ちあがると、玄関に向かって一目散に走り出す。

逃げるが、勝ち。

そう思っての行動であったが、やはり、暗がりでのダッシュは危険である。

すぐに家具にぶつかり、その反動で携帯電話が床に落ちた。それは、そのまま床の上を滑っていき、迷路のような絵の描かれた扉の前で止まった。

呼び出し音は、まだ鳴り続けている。

ユウリは、携帯電話を拾うのは諦《あきら》めて、なんとかこの場から逃げようと試みる。

しかし、残念ながら、背後から伸びた手に腕を摑《つか》まれ、あっという間に床の上に押し倒されてしまった。

傾いだユウリの腕から飛び降りた猫が、ササッと暗がりの中へと走り去る。

近くの家具をなぎ倒しながら倒れ込んだユウリの上に、ユウリを捕まえた男がヌッと覆いかぶさってきた。

すぐに懐中電灯の光が向けられ、初めて、互いの顔が露《あらわ》になる。

とたん。

「――ユウリ・フォーダム？」

覆いかぶさっている男が、驚いたようにユウリの名前を呼んだ。

まぶしそうに目を細めたユウリが、光の中に浮かびあがった相手を見るが、こっちとしては、初めて見る顔だ。

「誰――？」

だが、もちろん答えてくれるはずもなく、相手の男が胡乱《うろん》げに問《と》い質《ただ》す。

「なんで、こんな時刻に、お前がここにいる？」

床に押さえつけられたままの状態で、ユウリが説得力のない事実を答える。

「なんでって、それは、えっと、さっき、ここに来た時に携帯電話を忘れてしまったから取りに」

「携帯電話を忘れた――だって？」

そんなことは絶対にありえないと言わんばかりの口調で繰り返した彼は、実際、ユウリと違って、スマートフォンがないと生きていけないのだろう。

その間も鳴り続けていた呼び出し音に、苛立《いらだ》ちを爆発させた男が、「うるさいな！」と叫んで、仲間に告げる。

「とっとと、その音を止めてくれ！」

「わかった」

相方の男が即座に動き、すぐさま呼び出し音が止まる。実際はと言うと、男が動き出すより一瞬早く、別の原因によって呼び出し音は途切れていたのだが、なんであれ、とにかく電話は鳴りやんだ。

静まり返った部屋の中で、ユウリを押さえつけている男が満足そうな表情になって尋問を再開する。

「なあ、ユウリ・フォーダム。つまらない嘘をつくなよ。お前が、アシュレイの手先であるのはわかっているんだ。アシュレイに言われて、ここに『小さな鍵』を取りに来たんだろう？」

「だから、違います」

ユウリが答えていると、彼らの背後で、もう一人の男が相方の名前を呼ぶ。しかも、心なしか、その声は震えていた。

「……おい、ルイ。ルイ＝フィリップ」

「なんだ、うるさいな」

男が答えるそばで、ユウリは、ようやく相手の素性を知った。

「ルイ＝フィリップ・アルミュール……？」

こんな風に面と向かい合ってまみえるのは初めてであるが、以前、後輩のエドワード・オスカーが軟禁された時に、シモンの口から出た名前であるのは覚えていた。なんとかという組織の一員で、魔術書などを手に入れることに必死になっている人たちであったはずだ。

ルイ＝フィリップは、相方に対して答えただけで振り返ることはせず、それよりも、彼の名前を呟いたユウリを見おろして、「へえ」とおもしろそうに言う。

「俺の名前を知っているんだな。ということで、いいか、ユウリ・フォーダム。お前がここにいるということは、絶対にアシュレイの野郎も――」

言いかけるが、その時、もう一人の男が、ふたたび彼のことを呼んだため、その脅し文句は宙に浮いてしまった。

「……なあ、おい、ルイってば」

そこで、ようやく振り返る気になったらしいルイ＝フィリップが、「なんだよ、さっきから!?」と怒鳴りながら振り返り、そのまま固まった。

まるで、瞬間冷凍されたかのようである。

その様子があまりにも不自然だったため、気になったユウリは、押さえつけられている身体《からだ》をなんとかずらして、ルイ＝フィリップが見ている奥の壁のほうを見る。

そこに、ユウリの携帯電話を手にした一人の男が立っていた。

長身瘦軀《そうく》。

長めの青黒髪を首の後ろで緩く結び、丈の長い黒いコートをまとっている。

その姿は、まさに闇《やみ》より現れ出《い》でた悪魔そのもので、底光りする青灰色の瞳が、暗がりで妖《あや》しく輝いた。

「——アシュレイ⁉」

ユウリが、驚きの声をあげる。

なんで、アシュレイがここにいるのか。

しかも、彼が立っているのは、入り口とは反対側の壁の前だ。

理解不能に陥ったユウリにチラッと視線を流したアシュレイは、返した視線でルイ＝フィリップを睨《にら》みつけ、ぞっとするほど冷たい声で告げる。

「空っぽの頭にしては、よくわかっているじゃないか。ルイ＝フィリップ」

「……わかっている？」

驚きと緊張で相手の言わんとしていることを掴み損ねたルイ＝フィリップが、心許《こころもと》なさそうに訊《き》き返すと、相変わらず傍若無人《ぼうじゃくぶじん》を絵に描いたような態度で、アシュレイは堂々と言ってのけた。

「そいつがいるところには、俺がいる。なぜなら、そいつは、俺の下僕だからだ。――なのに、なぜ、お前は、そいつに手を出しているんだ？」

「……手を？」

アシュレイの言葉を繰り返しながら、ルイ＝フィリップは、改めて自分とユウリの状態を顧みた。

そこで、たしかに、これはまずい状況かもしれないと思う。

彼らの組織の中でも、ここしばらくの経験から、ユウリのことを、アシュレイの前であまり粗雑に扱わないほうがいいという警告が出されているのだ。

逆にいうと、ユウリを利用するのは、最後の手段とするべきだという戦略である。

それを踏まえたうえで、今、ルイ＝フィリップが最後の手段に出る時かといえば、決してそうではなく、むしろあってはならない状況といえた。

「……いや、これは」

言い訳しようとしたルイ＝フィリップを遮り、アシュレイが「俺には」と言う。

「お前が、自殺しようとしているようにしか、見えないんだが？」

さらりと放たれた一言がここまで人を震えあがらせることがあるのだろうか――というくらい、それは、冷え冷えとした声だった。

こちらに近づいてくるアシュレイから逃れようと、ルイ＝フィリップがユウリの上から慌てて退き、両手を突きだしながら必死になって言い募る。

「待った。これには訳が……」

だが、ユウリの前で立ち止まり、その腕に手をかけて立ちあがらせたアシュレイが、言い訳の隙《すき》を与えずに命令した。

「いいから、失《う》せろ」

「いや、それはそれで、いろいろと……」

ルイ＝フィリップは、アシュレイと十分距離を取ったところで、諦めきれない様子で言い返す。

度胸があるのか、バカなだけなのか、本当にわからない男である。

「君が来たということは、ここに、『小さな鍵』があるのは、間違いないはずだな。──だったら、なあ、アシュレイ。俺たちにも、一緒に捜させてくれないか。それとも、もしかして、もう見つけたとか？」

その時、アシュレイの背後に、ルイ＝フィリップの相方がゆっくりと近づいていった。アシュレイと初対面の彼は、愚かにも、アシュレイを羽交い締めにして形勢逆転を狙《ねら》っているらしい。

男の手が、ゆっくりと伸びる。

だが、次の瞬間。

後ろにも目がついているのではないかと思うくらいの素早さで、アシュレイが男の手首を摑んでひねりあげ、その小指をあらぬ方向にねじ曲げた。

男の絶叫が響く。

「ギャアアアアア」

「アシュレイ！」

ユウリが驚いて止めようとするが、アシュレイはそれを無視して、ルイ＝フィリップに向かって言った。

「なあ、ルイ＝フィリップ・アルミュール。俺は、お前に『失せろ』と言ったんだ。もし、それが嫌だと言うなら、こいつの指のように、身体じゅうの骨が全部折れるまで、ここで俺と戦うか？」

ルイ＝フィリップが、その場で凍りつく。

ただの脅しではなく、アシュレイが、顔色一つ変えずにそれをやってのけることがわかっているからだ。

ついに、ルイ＝フィリップが観念した。

「——わかった。今日のところは、帰ることにする」

言うなり、相方を見捨てて逃げ出した。

それを苦笑いで見送ったアシュレイが、押さえつけていた男を突き飛ばすように解放してやる。アシュレイとしては、指一本ですますのは不満であったが、これ以上やるとユウリが黙っていないのがわかっているので、諦めるしかなかった。

すでに半泣き状態にあった男は、転がるようにルイ＝フィリップのあとを追って部屋を出ていった。

アシュレイの出現からここまで、ものの五分と経《た》っていない。

埃《ほこり》でも払うかのようにあっさり二人の闖入者を追い払ってしまったアシュレイが、静けさを取り戻した部屋の中で、ゆっくりとユウリに視線を移した。

それと時を同じくして、それまで鳴りやんでいたユウリの携帯電話が、ふたたび電話の呼び出し音を響かせ始める。

ピリリリリリリリリリッ。

ピリリリリリリリリリッ。

ハッとしたユウリが顔をあげると、ユウリの携帯電話を持っていたアシュレイが、視線を落として発信者を確認し、少し考えてから、電話に出る。

そして、たった一言。

「取り込み中だ」

言うなり、電話を切った。

挨拶《あいさつ》どころか、電話の相手は、名乗る暇もなかっただろう。

目を見開いたユウリが、慌ててアシュレイに飛びつく。

「嘘。今の、きっとシモンからですよね？」

「そうだが、それがなんだ？」

「なんだじゃないですよ。また、勝手に人の電話に出て。シモンが心配するに決まっているのに、どうして、そういうことをするんです？」

だが、携帯電話を片手で閉じたアシュレイは、うるさそうに青灰色の瞳でユウリを見おろすと、その手でユウリの胸倉を掴んで引き寄せ、険呑《けんのん》な口調で言い返した。

「お貴族サマのことは、放っておけ。どうせ、来るなと言っても、ここに来るんだ。それより、お前に訊きたいことがある」

「――訊きたいこと？」

繰り返したユウリが、首を傾げて応じる。

「なんですか？」

「極めて単純な質問だが」

そこで、一呼吸置いたアシュレイが、静かに訊いた。

「いったい、お前は、ここで何をしているんだ？」

2

晩餐会《ばんさんかい》をにこやかに、かつ可及的速《かきゅうてきすみ》やかに辞してきたシモンは、その足で、まっすぐパッシー地区にあるベルジュ家の別邸へと戻ってきた。

かつての修道院《クロイスター》を改築した屋敷《やしき》は、中庭のある静かで落ち着いた建物である。

凍《い》てつく二月の夜。

白いタキシードのタイを取りながら図書室を覗《のぞ》いたシモンは、そこにロウの姿しかないのに気づいて、部屋の中に入っていく。

「やあ、ロウ」

「あ、お帰り、ベルジュ」

ソファーの上にあぐらをかいて座り、タロットカードを広げていたロウに向かい、シモンは接待役《ホスト》としてまず儀礼的に尋ねた。

「夕食を一緒にできなくて、申し訳なかったね」

「とんでもない。あんな美味《おい》しいご飯を食べさせてもらって、大感激だよ」

「そう言ってもらえると、シェフが喜ぶよ。――それで、滞在するにあたって、何か困っていることはないかい？」

案内も含め、すべてをユウリに任せっきりにしてあった。もちろん、慣れているユウリなら困ることはないと踏んでのことだが、なんといっても、遠慮深さがユウリの特徴の一つであれば、放っておくと、要求するより我慢することのほうが多いはずだ。

ただ、どうやら、ロウのほうは十分逞《たくま》しい神経を持っているようなので、気を回さずとも、言いたいことははっきり言うだろう。

それでも、いちおう訊くのが礼儀だ。

ロウが、あっさり答えた。

「ない。何から何まで行き届いていて、最高。正直、現実の世界に帰りたくないくらいだ」

「それはよかった。——まあ、何かあったら、遠慮なく屋敷の者に言いつけてくれ」

「ありがとう」

そこで、シモンが「それはそうと」と本題に切り込む。

「ユウリの姿が見えないようだけど」

するど、ロウが手元のタロットカードをひっくり返しながら、なんでもないことのように報告した。

「フォーダムなら、携帯電話を忘れて取りに戻ったよ」

「取りに戻った？」

この家以外のどこに戻るのかと思い、シモンが訝《いぶか》しげに続ける。

「どこに?」

「昼間、みんなで訪れた九区のアパルトマン。――ベルジュと別れたあと、二人でもう一度、あの部屋に行ったんだけど、その時に、携帯電話を忘れてきたみたいで、夕食のあと、今から取りに行くと言って、出ていったんだ」

シモンが、驚いて訊き返す。

「取りに行くって、一人で?」

「うん」

頷《うなず》いたロウが、顔をしかめて続ける。

「前から思っていたけど、顔に似合わず、案外度胸があるよね、フォーダムって。――暗いし、寒いし、幽霊が出るかもしれないんだから、明日、明るくなってからにすればいいものを、行くと言って聞かないんだ」

どうやら、ロウの中に、「それなら一緒に行くよ」という、友人思いの発想はなかったらしい。

シモンが軽く眉《まゆ》をひそめたので、ロウが慌てて言い訳する。

「あ、いちおう、これでも反対はしたんだけど、フォーダムいわく、むしろ幽霊が出たほうが好都合って」

とたん、シモンが意外そうに目を見開く。

「本当に、ユウリがそう言ったのかい？」

「うん」

「どうして？」

「さあ」

ロウは肩をすくめ、「よくわからないけど」と手にしたタロットカードを振りながら続けた。

「ほら、カップの中で跳《は》ねる魚を見つめる者には、そうやって死者の声に耳を傾けることが必要なんじゃないか？」

「……カップの中で跳ねる魚？」

いったい、なんのことを言っているのか。

急に訳のわからないことを言い出したロウに対し、シモンは、そばまで行って、使用中のタロットカードを取り上げ、真剣な眼差《まなざ》しで説明を求めた。多少強引ではあったが、それくらい、嫌な予感にかられている。

「ロウ。悪いけど、君が何を言っているのかさっぱりわからない。最初からきちんと説明してくれないか」

「ああ、ごめん」

さすがに何か感じ取ったらしいロウが、ソファーの上で姿勢を正して話し始めた。

「タロットだよ」

「タロット？」

「タロット占い」

正確に言い直し、散らばっている裏向きのタロットカードの中から一枚を選び出したロウは、それをシモンに向けて差し出しながら説明する。

「カップの中で跳ねる魚を見つめているのは、カップの従者《ペイジ》で、目に見えない世界を見つめることができる少女、あるいは少年を指す」

差し出されたタロットカードを受け取り、その絵柄を眺めたシモンが「なるほど」と合点した。考えてみれば、他でもない、このロウの言うことであれば、タロットの話以外にあるわけがなかった。

ただ、合点したとたん、嫌な予感が強まり、シモンはタロットカードを返しながら改めて尋ねる。

「カップの従者のことはわかったけど、それが、ユウリとどう関係してくるのかが、まだわからない」

すると、「あれ？」と首を傾げたロウが、意外そうに訊き返した。

「もしかして、フォーダムから聞いてない？」

「何を？」

「いや、すべてが始まる前に、俺がやったタロット占いでは、今回の相続にまつわる一連の出来事には、過去の死者が関係していて、微妙な調整が必要な、隠れた問題があるかもしれない運命の動きには、カップの中で跳ねる魚に象徴されるような、目に見えない世界を見つめることができる少女、あるいは少年の力が、きっと必要になってくる——と出ていたので、フォーダムに一緒に行ってくれと頼んだんだ。なんたって、俺のまわりで、カップの従者に相当するのは、フォーダムくらいしか思い浮かばなかったから」

「——なんだって？」

シモンが、鋭く訊き返す。

「それなら、ユウリが君に同行したのは、フランス語の通訳としてではなかったんだね？」

「もちろん、それもあったけど、フランス語ができる人間というだけなら、他《ほか》にいくらでも候補はいたから。——ただ、それプラス、カップの従者に相当するような人間となってくると、フォーダム以外にありえないし、そもそも、フォーダムの名前は、俺のばあちゃんが出してきたんだ。ほら、あの人のことだから、たぶん、何か未来が見えていたのだろうし、フォーダムも、それがわかっていて、自分に振り当てられたその役割を、きちんと果たそうとしているのではないかって」

「――そういうことか」

ようやく、シモンはすべてを理解した。

ユウリからは何も聞かされていなかったが、それは、いつもどおり、ユウリが、多忙なシモンをこれ以上煩わせたくないと考えたからだろう。

それに、実際、その話を先に聞いていたら、予定がつまっていて身動きの取りにくい週末で、なにかユウリにトラブルがあっても、己がすぐには対処できない状況にあるのがわかっていたシモンは、ユウリがロウに同行することに反対していた可能性がある。

それにしても、己にとって一文の得にもならないようなことに、なぜ、ユウリは毎回、毎回、こんなにも真面目《まじめ》に取り組む気になるのだろうか。

正直、放っておいたところで、誰も文句は言わない。

それでも、伸ばされた手を振り払えないのがユウリという人間で、だからこそ、シモンも心惹《ひ》かれてやまないのだ。

大きく溜《た》め息《いき》をついたシモンが、「ということは」と話をまとめる。

「ユウリは、今、その『隠れた問題があるかもしれない運命の動き』を追っているわけだね？」

「そうなるのかな」

「しかも、死者のために」

「う～ん」

そこまできちんと考えていなかったロウが、「だとしたら」と応じる。

「けっこう、大変そう。――そういえば、いちおう、アパルトマンに戻った目的は、あくまでも失くした携帯電話を捜すためであるわけだけど、それだって、本当にフォーダムが失くしたのかはわからないわけだし」

「――まったく、そのとおりだ」

人さし指を振って認めたシモンは、即座に踵《きびす》を返《かえ》すと、ロウをその場に残して部屋を出ていった。

階段を駆け降りながらスマートフォンを取り出し、ひとまずユウリの携帯電話に電話をかけてみる。時間的に見て、そろそろ目的地に着いて携帯電話を手にしていてもおかしくないくらいだが、いくら呼び出し音を鳴らしても、ユウリが出る様子はない。

それでも諦めず、かなり長い時間鳴らし続けていると、なんの前触れもなく、いきなり電話が切られた。

プツッと。

人為的なものを感じさせるような唐突さであった。

それから考えて、間違いなく、携帯電話を手にしたユウリ以外の誰かが、電話を切ったのだ。

これは、かなりまずい傾向である。

(ユウリは、電話に出られない状況にある……?)

そんな懸念が過《よぎ》り、シモンの中で悪い予感が膨《ふく》らんでいく。

(やはり、晩餐会なんかに出ている場合ではなかったな)

来週の予定を盤石にするためにもパスするのを避けたのだが、それが仇《あだ》になったようである。

電子キーで車庫に入り、停《と》めてあった車の一つに乗り込んだシモンは、時間を惜しむようにエンジンをふかし、ほぼ同時に発進させた。

キキキキッと。

タイヤを軋《きし》ませて走り出した車が、軽やかに車道へと飛び出していく。荒い運転も、シモンの手にかかると、なんとも軽やかで優雅になる。

美しい曲線を描くシモンの車が、夜のパリを疾走する。

街の明かりが、車窓を飛ぶように過ぎていった。

やがて、最初につかまった信号が青になるのを待つ間、シモンは、もう一度、ユウリの携帯電話に電話した。

数度のコール音。

と——。

音が途切れて、ふいに電話が繋《つな》がる。

ホッとしたシモンが、電話の相手に呼びかけた。

「よかった、ユウリ――」

だが、電話の向こうから聞こえてきたのは、ユウリの涼やかな声とはかけ離れた、なんとも高飛車なものだった。

しかも――。

『取り込み中だ』

そう言うなり、こちらの反応も待たずに切られてしまう。

一瞬の出来事だった。

挨拶もなければ、名乗ることもしない。

それでも、シモンには、それが誰であるのか、容易にわかってしまう。

なんとも人をバカにした声。それよりなにより、まるでユウリの携帯電話を、自分のもののように使う厚かましさ。

「アシュレイ――」

シモンは、途切れた電話を持ったままハンドルを叩《たた》き、「ったく《モン　ディウ》」と苛立たしげに呟く。

アシュレイに対してというよりは、自分に対する罵《ののし》りだ。

信号が青に変わっても、しばらく動けずにいたシモンの車に対し、背後からクラクションが鳴らされる。

ハッとしたシモンが、ブレーキを外して、乱暴に車を発進させた。

「ダーム・デュトワ」という通り名の女性を追っているらしいアシュレイが、バーバラ・コールの名前をあげていたのがなぜかわからずにいたが、今回の遺産の中に、彼が求めているもののヒントなり答えなりがある可能性は十分に考えられた。

それなのに、ユウリを一人であの場にやる隙間を作ってしまったのは、おのれの失態だ。

もちろん、アシュレイのことは終始チェックさせていたが、あの邂逅《かいこう》以来用心したらしく、ここしばらくは、表だった動きは報告されていなかったのだ。

そういう意味では、むしろ、おのれの領域《テリトリー》だったからこそ、油断したのかもしれない。

しかも、いざこうなってみたら、後手に回り過ぎていて、ユウリが、どんなことに関わっているのかさえ、まったく把握していないという情けなさだ。

出遅れているにもほどがあると思いながら、赤に変わりそうな信号を待てず、シモンはアクセルを踏み込んだ。

と──。

スピードをあげた車が交差点に飛び込んだところで、横合いから鳴らされた大きなクラクションとともに、ヘッドライトの強烈な明かりが、シモンの横顔を照らし出した。

次いで、急ブレーキをかける音が、夜の街に響きわたる。
キキキキー。
それを追うように、ガシャンとものの触れ合う音がして、あたりは静まり返った。

3

「いったい、お前は、ここで何をしているんだ？」

九区のアパルトマンで、アシュレイに問われたユウリは、悩ましげに繰り返す。

「何をしているかって……」

ややあって、いちおう事実をそのまま伝えてみる。

「携帯電話をこの部屋で失くしたみたいだったので、捜しに」

「携帯電話？」

当然、アシュレイが訊きたいことはそういう表面的なことではないはずなので、その返答は通用しないだろうと思っていたが、意外にもアシュレイは食いついた。

ただし、ユウリが予想もしなかった食いつき方だ。

「お前の？」

「はい」

頷いたユウリが、「あ、アシュレイから預かっているスマホは」と言いかけるが、言い終わる前に、アシュレイの口からその所在が告げられる。

「わかっている。ハムステッドの家だろう」

なぜ、わかっているのか。

問いかけたところで、意味はない。もともとアシュレイのものであれば、スマートフォンの位置情報を調べることなど、わけないはずだからだ。

「そんなことより、お前のケイタイの話だが、お前が、さっき、この部屋に入ってくるまで、ここにはなかったぞ」

「――え？」

驚いたユウリが、戸惑う。

「そんなはずは……」

「いや、間違いない」

ユウリの携帯電話のことなのに断言されてしまい、思わずユウリが理由を問う。

「なんでわかるんです？」

「そんなの」

アシュレイは、当然のごとく告げた。

「俺が、何回、お前に電話をかけたと思っているんだ」

言いながら勝手に着信履歴を開き、本来の持ち主であるユウリに見せる。いったい誰の携帯電話かと改めて問いたくなるが、それ以上に、そこにずらりと並んだ履歴の多さに驚いて、ユウリがアシュレイを見返した。ほとんどストーカーと言ってもいいくらいの量である。

「……えっと。もしかして、僕に何か用事でもありました？」

「なきゃ、かけない」

「……ですよね」

その用事とやらも気になるが、今は、他に確認しておきたいことがあったため、ユウリは、先にそっちを片づけることにする。

「ちなみに、それって、いつからですか？」

「最初にかけたのは、今日の夕方、この窓のところにお前の姿が見えた時だ」

とたん、ユウリが「あ」と声をあげる。

「もしかして、あの時の――」

それは、失くす前に、携帯電話に触った記憶のある瞬間だ。ワンコールで切れ、しかも見覚えのない番号からであったため、てっきり悪戯《いたずら》電話だと思ってしまった。

もちろん、いわゆる「ワンギリ」である時点で、たとえアシュレイからであったとしても、それは悪戯電話だと言えなくはないのだが、ユウリは、怒ることなく続けた。

「でも、それならなおのこと変ですね」

「何が？」

「だって、その時からさっき僕が見つけ出すまで、その携帯電話は、ずっとここにあったはずですから」

「へえ」

若干意外そうな表情になったアシュレイが、確認する。

「それは、本当に間違いないのか？」

「はい」

するると、さすがにおかしいと思ったのか、アシュレイも首を傾げて考え込む。

「――どういうことだ？」

「わかりませんけど」

そこで、ふと思いついたように、ユウリが呟いた。

「……猫」

「猫？」

聞き逃さなかったアシュレイが、「猫が、どうした？」と訊いてきたので、ユウリは荒唐無稽と知りつつ、「それが」と教えた。

「携帯電話を見つけた時、ちょっと特徴のある顔をした猫がそばにいたので、もし、あくまでもこの部屋にはなかったというのであれば、あるいは、その間、あの猫が預かっていたのかもしれないと思って……」

あれ以来、姿が見えなくなってしまった猫であるが、それだけに、携帯電話の謎についいては、やはりあの猫が絡《から》んでいるとしか思えなかった。

（やっぱり、僕はこの場に引き戻された……？）

とはいえ、こんな話、さすがにアシュレイだって、受け入れられないだろう。

そう思っていたユウリであったが、予想に反し、アシュレイは、ひどく興味を惹かれた様子で「猫ねえ」と応じる。

「つまり、『ディアナ』の仕業ってことか」

「『ディアナ？』」

繰り返したユウリが、訊き返す。

「それ、猫の名前ですか？」

「ああ。隣のばあさんの飼い猫だった」

「隣？」

そんなにご近所さんの猫だったのか。

思いもよらなかったユウリが、確認する。

「それなら、アシュレイも、あの猫を見たんですね？」

「いや」

「え、でも、隣のおばあさんが『ディアナ』という名前の猫を飼っていることは知っているんですよね？」

「いた、だ」

過去形であることを強調したアシュレイが、「それも」と付け足す。

「百年前に」

「百年前⁉」

「そうだ」

「──猫って、そんなに長生きする動物でしたっけ？」

頓珍漢《とんちんかん》な質問に、アシュレイが眉をひそめて、「バカか？」と責めた。

「百年も生きていたら、それはもう化け猫だろう」

「ですよね」

「あるいは、女神の化身か──」

「女神の化身？」

またまた意外なことを聞かされるが、「ああ」と頷いたアシュレイは、例によって例のごとく、なかなか興味深いことを教えてくれる。

「なんと言っても、ギリシア神話の月の女神アルテミスと同定されるローマ神話のディアナは、遥か昔、シュメール地方からローマにかけての広い地域で祖母神アンナとして知られていた重要な女神で、異教徒に深く愛されたこの女神のことを、初期キリスト教徒たちは警戒し、『魔女の女王』という新たな地位を与えた。──もっとも、それ以前から、月の力を信仰する魔術師たちの擁護者《ようごしゃ》であったと考えられるため、中世以降、本当に魔女たちが崇拝する神に収まった。それを思えば、魔女の使い魔である猫につける名前としては、なかなか意味深だ。魔女が猫を使うのか、猫が魔女を使うのか――」

「……魔女」

そこで、ユウリは考え込んだ。

あの猫が、魔女の使いか、それを飛び越えて、女神の化身だったのだとしたら、一日のうちにコートダジュールとパリという離れた場所で見かけたのも、納得がいく。

そして、そうであるなら、やはり、ユウリは、携帯電話をだしに、この場所へ呼び戻されたということになるのだろう。

だが、なんのために――？

ユウリは、考えながら、無意識に指輪を触った。

（……まあ、少なくとも、この指輪が関係していることだけは、間違いない）

それにしても、いつにも増していろいろなことに詳しいアシュレイは、他に何を知っているのだろうか。

そして、何より、どんな目的があって、ここにいるのか。

ユウリは、煙《けぶ》るような漆黒《しっこく》の瞳をアシュレイに向け、「……えっと」と質す。

「ものすごく興味深い話でしたが、そもそも、なんで、アシュレイが、百年前に隣のおばあさんが飼っていた猫の名前を知っているんです。それに、それ以前の問題として、アシュレイこそ、ここで何をしているんですか?」

よくよく考えたら、ここはジュヌヴィエーヌが借りている部屋で、アシュレイは、いわば「家宅侵入」という罪を犯しているのだ。

だが、もちろん、そんなことでは悪びれないアシュレイは、底光りする青灰色の瞳でユウリを見おろすと、「その質問に答える前に」と言った。

「もう一つ、教えてもらおうか」

「もう一つ?」

訊き返したユウリの手首を摑んで引き寄せると、アシュレイは、断りもなくユウリの手から指輪を抜き取り、それを目の前で見せつけながら訊いた。

「これは、なんだ?」

アシュレイは、ユウリが、さっきから何度も、この指輪に無意識に触っていることに気づいていた。

しかも、アシュレイがこれまで見たことのない指輪であれば、気にするなというほうが無理である。

ユウリが、答える。

「指輪ですけど」

とたん、ジロッと睨まれ、慌てて付け足した。

「えっと、カトリーヌ・ルブラの家にあったものです。ロウが、旅行の記念にくれるというので、もらいました」

「――なるほど」

納得したアシュレイが、指輪を目の高さにあげ検分し始める。

「ギメル・リングだな。それも、けっこう年代物の」

「はい」

「ちなみに、片割れはなかったのか？」

「ありませんでした。――少なくとも、同じ場所には」

ユウリは、ついでに、シモンから聞いた話をする。

「シモンが言うには、作られた年代を考慮に入れると、それは、おそらく、カトリーヌの母親であったジュヌヴィエーヌ・ルブラのものではないかということでした。それで、生涯独身だった彼女には、人には言えない秘密の恋人がいたのではないかって」

「秘密の恋人ね。それなら、この指輪の片割れは、その秘密のお相手が持っているというわけか」

「そうです」

それに対し、口元を歪《ゆが》めて笑ったアシュレイが皮肉げに評した。

「それは、なんともフランスのお貴族サマらしいロマンスに溢《あふ》れた発想だな。——おそらく、『ミンネの小箱』から、そう考えたんだろうが」

さすがは、アシュレイ。言わずとも、それくらい百も承知であるらしい。この分だと、訊けば、まだまだ知っていることはわんさと出てきそうだ。

そのことを示すかのように、「だが」とアシュレイは続けた。

「ちょっと惜しかったな」

「惜しい？」

「ああ。——たしかに、恋多き女として社交界では有名だったジュヌヴィエーヌ・ルブラには、当時、秘密にしている恋人がいた」

「そうなんですか？」

「間違いない」

断言したアシュレイが、「とはいえ」と指輪を指先で回しながら言う。

「この指輪には、そんな色恋沙汰《ざた》よりも、ジュヌヴィエーヌ自身の、もっと切なる想《おも》いが込められている」

「切なる想い……」

呟いたユウリが、問い質す。

「それって、なんですか？」

「魂だよ」

「魂？」

それは、たしかに切なる想いと言えそうだが、いったいどういうことなのか。

わからないでいるユウリに、アシュレイが教える。

「一言で言うと、彼女は悪魔に魂を売り、それを取り戻すのに必死だった」

「――はい？」

またなんとも妖しげな展開になったものであるが、だとすると、ここにアシュレイがいるのも頷ける。

アシュレイにはアシュレイなりの理由が、きちんとあった。

ただ、問題は、それがなんで、百年前に生きた人間についてのさまざまな事情を、どうやって知りえたかである。

ユウリが、そのことを質す。

「なぜ、そんなことがわかるんです？」

「ジュヌヴィエーヌが書いた日記を読んだからだ」

「日記？」

「そう。そして、さっき、お前は、俺に、何をしにここに来たかと尋ねたが、その答えがそれだよ」

そう言ったアシュレイが、ついてこいと顎《あご》で示して、寝室へと向かう。

アシュレイのあとについて寝室に入ると、そこには、昼に来た時はなかった木箱が蓋《ふた》を開けた状態で置かれていて、その中には、十冊以上の古びた日記が詰め込まれているようだった。

そのうちの何冊かが外に出ていて、さらに一冊は開いたままで置かれている様子が、まさに、つい今しがたまで読まれていたことを示していた。

これを見る限り、闖入者に対する態度がいつも以上に厳しかったのは、読書の邪魔をされたことに対する怒りだった可能性が高い。

「これを、読んだんですか？」

「ああ」

「なんのために？」

「ジュヌヴィエーヌの母親である、マリー・ルブラ、通称『ダーム・デュトワ』と呼ばれた魔女について知るためだ。——もっと言ってしまえば、俺は、その女が所持していたと考えられる魔術書について調べていた」

もちろん、ユウリは、「ダーム・デュトワ」の名前を聞くのも初めてであれば、ジュヌヴィエーヌの母親が魔女だったというのも、今初めて知った。

だが、そう言われて、妙に納得のいくことがある。

「あ、だから、あの人たちがここに来たんですね？」

「あの人たちというのは、ルイ＝フィリップとそのお仲間のことか？」

「はい」

「まあ、そうだろうな。――おしゃべりな『アルフレッド寮の占い師』が、よけいなことをブログに載せたりするから、あんなことになる」

それは否定できない事実で、ユウリも反論できない。

しかたなく、代わりに謝った。

「すみません。――でも、ロウは何も知らないから」

だが、アシュレイは、底光りする青灰色の瞳を向け、容赦なく告げる。

「言っておくが、知らなければ罪はないということはない。むしろ、無知は、それ自体が罪といえる」

アシュレイにしてみれば、そうだろう。

だが、誰も、アシュレイのようには生きられない。

ユウリが苦笑すると、それをどう思ったのか、アシュレイが「もっとも」と告白した。

「正直、あいつらも俺も無駄足だったが」

「無駄足？」

アシュレイにしては意外な結果だと思ったユウリが、「それなら」と確認する。

「魔術書なんて、なかったんですか?」

「まさか。あったさ」

そうでなければ来ていないと、言外に匂《にお》わせるあたり、やはりおのれの判断に絶対の自信があるらしい。

ただ、アシュレイのすごいところは、尊大なまでの自信を持ちながらも、臨機応変に振る舞えることだ。

結果というのは、常に予測の上を行く。

そのことを、今回の出来事は教えてくれたようだ。

アシュレイが、「ただし」と続けた。

「百年前、この部屋が閉ざされることになる直前までだが——」

その発言に、さすがに好奇心を刺激されたユウリが「いったい」と訴える。

「百年前に、この部屋で何があったんですか?」

それがわかれば、この部屋で覚えたあの不可解な混乱や焦燥感の意味もわかる気がした。

「知りたいか?」

「はい」

「本当に?」

ふいに手を伸ばしてユウリの顎を持ち上げたアシュレイが、顔を近づけて確認する。

「わかっていると思うが、俺の情報は高いぞ？」

その一瞬、底光りする青灰色の瞳がなんとも蠱惑《こわく》的な色を浮かべるのを見て、ユウリの覚悟が揺らぐ。思うような結果を得られなかったアシュレイの中でフラストレーションが溜まっているのは間違いないだろうし、自分が、その前に転がっているエサであることも重々承知しているからだ。

こういう場合、ユウリといえども、相当な注意が必要となってくる。

脳裡《のうり》に、シモンの顔がちらついた。

こんな取引をアシュレイとするなんて、シモンが許すはずはない。すぐにでも引き返すのが、賢明だ。

だが、そんなユウリの表情を読んだアシュレイが、試すように耳元で囁《ささや》く。

「それとも、またしても、ベルジュの懐《ふところ》に逃げ込むか？」

おそらく、それが一番の方法だ。

ここにあるものは、現在、シモンの支配下にあると言っても過言ではなく、そうであるなら、あえて危険を冒すことなく、改めてシモンと来て、二人して日記を読めばいいだけのことである。

そう思いながら、横目でチラッと窓の外を見たユウリが、漆黒の瞳を翳《かげ》らせ、唇をギュッと噛《か》みしめた。シモンを頼りたいのはやまやまだが、おそらく、ユウリには、そうする時間がないだろう。

後日では、きっと手遅れになる。

なぜなら、通りから消え失せた赤毛の大男と黒衣の女は、もうすぐそこまで迫っているはずだからだ。

「——いいえ」

ややあって、視線を戻したユウリが、きっぱりと答えた。

「今すぐ、教えてください」

「いいのか？」

「はい。——でも」

ユウリは、煙るような漆黒の瞳に強い意志を秘めて言う。

「僕が代償を払うまでもなく、この件では、アシュレイ自身が満足する時間が持てるはずです」

「ほお。——この期《ご》に及んで、交渉か？」

「そうです」

頷いたユウリが、ほとんど当てずっぽうに、その情報を口にした。

「赤毛の大男と黒衣の女」

だが、それは大正解だったようで、眉をひそめたアシュレイが探るように訊き返す。

「――それが、どうした？」

「徐々に、近づいてきています。もちろん、この世のものではないはずで、たぶん、この部屋にある何かが欲しいのではないかと」

「なるほど」

頷いたアシュレイが、「たしかに」と認める。

「それは、おもしろそうだ」

アシュレイの決断は、早い。

一瞬で意を決すると、ユウリを放し、彼は「事の発端は」と話し出す。

「ジュヌヴィエーヌが、秘密の恋人との関係を深めたいと願ったことにあった。その相手が誰であるかは、残念ながら日記には書いていなかったからわからないが、彼女は、その男を自分のものにするために、禁断の魔術に手を染めることになる」

「禁断の魔術？」

「そう。――さっきも言ったように、ジュヌヴィエーヌの母親は、十九世紀後半に『ダーム・デュトワ』という通り名で知られた魔女だった。『ダーム・デュトワ』が、当時、パリで活動していた黒魔術集団の一員であったのはわかっていて、後年、彼女が、『レメゲトン』という、その世界では有名な魔術書を持っていたのではないかという噂《うわさ》が広まった。というのも、革命の難を逃れた貴族の末裔《まつえい》であるルブラ家は、それなりの資産家で、ルネッサンス期にはカトリーヌ・ド・メディシスとも親交があったといわれていたからだ」

「『レメゲトン』？」

「別名、『ソロモンの小さな鍵』という、かなりメジャーな魔術書だ」

「ああ、言われてみれば……」

この部屋を荒らしにやってきたルイ＝フィリップとその仲間は、しきりと「小さな鍵」と口にしていた。

アシュレイが、訊く。

「お前も、『ソロモンの鍵』くらいは、知っているだろう？」

「そうですね。その名前は聞いたことがあります」

それこそ、魔術書などとは縁のない人間が、唯一答えられる名前かもしれない。

アシュレイが、本についての、もう少し詳しい解説をしてくれる。

「ソロモン王の著書に帰せられるものとして、すべての魔術書の基礎とされるのが『ソロモンの大いなる鍵』、別名『ソロモンの鎖骨』であるわけだが、他に、ソロモンの著書とされるのが、今言った『レメゲトン』だ。もともと、カルデア語とヘブライ語で書かれていたとあるが、それについては、怪しいとしか言いようがない。それより、最古のものとして考えられている完全版は、ここフランスで出されたフランス語版だ」

「それを、『ダーム・デュトワ』が持っていた？」

「ああ。――とはいえ、それは、あくまでも伝説に過ぎなかったんだが、実は、つい最近になって、エジンバラで解体された元貴族の館から十九世紀の後半に書かれた日誌が見つかって、その中に、その当時の貴族の息子がパリに遊びに行った際、泊まった宿屋の食堂の片隅で、赤毛の大男と黒衣の女が、『ある貴重な魔術書』を手にしているところを目にしたと書かれていた。日誌には、『レメゲトン』の名前はなかったが、『意味不明の名を持つ精霊の職務についての教書』とのぼやかした説明書きがあり、それに相当するのは、『レメゲトン』以外にありえない。そこで、伝説が一気に真実味を帯びたため、『ダーム・デュトワ』の子孫が、今も、この魔術書を持っているのではないかという話が、蒐集家《しゅうしゅうか》たちの間で囁かれ始めた」

「なるほど」

ユウリにしてみると、まるで雲を摑むような話であったが、彼らは、真剣そのものなのだろう。たとえ、それが、傍《はた》からはどんなに滑稽《こっけい》に見えようとも――、だ。ルイ＝フィリップなどが、そのよい例である。

アシュレイが、話を続ける。

「ここで言われている『黒衣の女』が、当時著名な魔女であった『ダーム・デュトワ』であることはわかっていて、いつもセットで描かれる『赤毛の大男』については、おそらく彼女が呼び出した悪魔ではないかと考えられている」

「悪魔……」

ユウリが、スッと漆黒の瞳を翳らせて不安げな表情になる。たしかに、あの二人の存在は異質で、まるで時の漂流者であるかのようだった。

「そこで、俺は、パリに遊びに来た時にエジンバラの貴族の息子が泊まったと考えられる宿を突き止め、宿帳を見せてもらった。――今は、流行《はや》りのビストロだが、十五世紀から続く老舗《しにせ》の看板を誇りにしていて、宿帳は、一族の宝として大切に保管されている」

「それなら、見つけたんですね？」

「ああ。たしかに、十九世紀のその時期に、『ダーム・デュトワ』が『マリー・ルブラ』の名前で投宿していたことがわかった。――ちなみに、『マリー・ルブラ』については、その後、行方がわからなくなっていて、悪魔の下僕として魔界に連れ去られ、今も魔界で暮らしているという伝説が残っている」

やはり、彼女は、時間から取り残される存在へと堕《お》ちてしまったのだろう。

だが、その子供であるジュヌヴィエーヌは、いかにして魔術に手を染めることになったのか。

そこで、ようやく、アシュレイがジュヌヴィエーヌについて触れた。

「で、そんなこともあり、早くに母親と生き別れたジュヌヴィエーヌではあったが、母親が残した遺産を受け継いだため、なんの不自由もなく育った。当時の上流階級の家では、母親などいなくても、乳母さえきちんとしていれば、子供はすくすくと育ったからな。そして、成長の過程では、幸運なことに、ジュヌヴィエーヌは黒魔術などに手を染めていなかったようなんだが、ある日、書斎で、一冊の古びた本を見つけてしまったことが、彼女の人生を狂わせる」

「それが、『レメゲトン』だったんですね？」

「おそらく、そうだろう」

頷いたアシュレイが、「ちょうど、その頃」と教える。

「バーデンの温泉地である男に会い、ジュヌヴィエーヌは、そいつにすっかり夢中になっていたようだ。ただ、その男は妻帯者で、友人以上の関係にはなれずにいた。そんな中、日に日に募っていく恋心が彼女を苦しめ、ついにある誘惑に屈してしまった」

「黒魔術か……」

呟いたユウリが、「かわいそうに」と同情を示す。

もし、魔術書を見つけていなければ、いつかは、その恋心も鎮まったであろうに、そんなものがあったがために、人生が大幅に狂ってしまった。

だが、アシュレイのほうは、同情とはほど遠い声音で、淡々と続ける。

「もうわかっていると思うが、ジュヌヴィエーヌは、見つけた魔術書を使って悪魔を呼び出し、取引をした。その甲斐《かい》あって、男は、ついに彼女と禁断の関係を結び、二人はこの部屋で密会を重ねることとなるわけだが、幸福の陰で、不幸はじわじわと迫っていた」

小さく片手を翻《ひるがえ》したアシュレイが、「というのも」と続ける。

「彼女は悪魔と取引をした際、男の心を手に入れる代わりに、彼女が、やがて手にする大切なものの半分を渡すという約束を交わしていたんだ。――その時は、半分にできるようなものなら渡してしまえと、軽い気持ちで条件を呑《の》んだようだが、それからしばらくして、彼女は身ごもった。最初は有頂天になった彼女であったが、ある日、彼女が親切にしていた隣のばあさんが、ひょんなことから占いをしてくれて、その時に、生まれてくるのは、一卵性双生児だと予言した。しかも、残念ながら、残酷な運命により、一人は死産であると告げたらしい」

「まさか」

ユウリが嫌な予感とともに言うと、ぱちんと指を鳴らしたアシュレイが「そのとおり」と答える。

「それこそが、悪魔の言った『やがて手にする大切なものの半分』だったんだ。一卵性双生児は、一つの卵子が二つに分かれてできる。言い換えると、もとは一つだったもの――一つだった魂の半分とみなしていいからな」

「ひどい」

「もちろん、ジュヌヴィエーヌも、遅まきながらそのことに気づき、大変なことをしたと後悔するが、もう遅い。いったいどうしたらいいのかと泣き出す彼女に、隣のばあさんが理由を尋ねた」

そこで、ユウリが確認する。

「そのおばあさんって、『ディアナ』の飼い主ですよね？」

「ああ。彼女はけっこう著名な白魔術師で、いつも自分に親切にしてくれたジュヌヴィエーヌを不憫《ふびん》に思ったらしく、泣きじゃくる彼女に、こう言った。——死産であることは、かわいそうだが運命として変えられない。だけど、奪われるはずの魂を、悪魔の手から救うことならできる——と」

「どうやって？」

ジュヌヴィエーヌも尋ねたであろう質問をユウリが口にすると、アシュレイが「ばあさんは」と教えてくれる。

「ジュヌヴィエーヌに、彼女が指示したとおりのギメル・リングを作るように言い、それを双子の魂に見立て、一つは生者であるカトリーヌに持たせ、もう一つは、死者である死産の子供の魂の代わりとして、部屋のある場所に隠すよう告げた。そして、隠し終わったあとは、その部屋を封印し、人に見つからないように静かに暮らせと助言した」

「もちろん、悪魔が手を出せないようにするためですよね？」

「そういうことだ」

頷いたアシュレイが、「そして」と続ける。

「カトリーヌが死んで、その魂が肉体より自由になったあかつきには、それぞれの魂に見立てた指輪をふたたび一つにすることで、母親の胎内で別れてしまった魂も一つになるという魔法をかけたんだ。それにより、半分しか権利のない悪魔は、その魂に手を出せなくなるからな」

「すごい」

ユウリが会ったことのないそのおばあさんの鮮やかな手並みに感心していると、アシュレイが、「ただ、ここで非常に惜しむべくは」と言った。

「この魔法を成立させ悪魔の力に打ち勝つために、ばあさんは、彼女が悪魔と契約する際に使用した魔術書を燃やすよう要求した。理由は、それがあると、悪魔の力が勝り、いつかきっと魂が奪われてしまうと考えたからで、ジュヌヴィエーヌは、ばあさんに言われたとおり、指輪を作った時に、それを燃やしたと日記に書いている」

「なるほど、だからか」

さっきアシュレイは、この部屋が閉ざされるまでは、魔術書が存在したと言った。そして、実際、今までの話から考えて、ジュヌヴィエーヌの手で燃やされるまでは、魔術書が存在した可能性は十分にあった。

　無駄足を踏まされたアシュレイは気の毒であるが、ユウリは、心の中で、そんな力のある魔術書など存在しないに越したことはないと思う。だから、燃やしてくれたそのおばあさんとジュヌヴィエーヌに感謝した。

　それに、たとえ魔術書がなくなったとしても、契約が成立している限り、指輪の片割れに隠されたかわいそうな魂は、いまだ、悪魔の狙うところであるのだ。

　アシュレイが、「ところで」と指輪の側面を見ながら訊いた。

「指輪に書かれているこの文言については、わかっているのか？」

「ああ、はい」

　頷いたユウリが、答える。

「シモンが教えてくれました。誰かの墓碑に書かれたものだと」

「そうだ。『お前もいつかは死ぬんだぞ』という、墓碑と対面した人間に対する警告とも皮肉とも取れる、なかなかの名言なんだが、この指輪の場合は、もっと意味深長と言えそうだな」

「そうですね。アシュレイの話を聞く限り、『我は汝《なんじ》だった。汝は我になるだろう』という文言は、一度は二つに分かれた魂であっても、やがては一つに戻る――という呪文《じゅもん》であるようにも取れます」

「そう、まさに、これは呪文だ」

アシュレイの同意を受け、ユウリが少し晴れやかな表情になって言う。

「おかげさまで、ようやくわかりました」

「何がだ？」

「もちろん、この部屋にいるものが、何を待ち望んでいたか――です」

ギメル・リングの片割れを手にした時から、ユウリがずっと感じていた何かを待ち望む焦燥感は、指輪同士が互いを呼び合うものだった。ただ、この部屋に隠された指輪のほうは、いわば、赤子のままの純粋無垢な状態にあったため、自分が何を求めているかがわからずにいたのだろう。

あの混乱は、そのためだ。

ようやく腑に落ちたユウリのことを、アシュレイが、わずかに目をすがめて見る。それから、何か言おうと口を開きかけたが、その時。

リリリン、と。

部屋の呼び鈴が鳴らされたため、二人は顔を見合わせて会話を中断し、玄関へと様子を見に行く。

こんな時間に訪ねてくるとは、いったい何者であるのか。

だが、身構えたわりに、覗き窓の向こうにいたのは、心配そうな顔つきをしたシモンだった。

「シモン!」

「……ベルジュか」

どこまでもつまらなそうなアシュレイとは対照的に、ホッとしたように叫んだユウリが、急いで扉を開ける。

だが、開けたとたん、今度は恐怖に表情を凍りつかせたユウリが、とっさに「やあ、ユウリ」と言いかけたシモンの腕を引っぱって中に入れるなり、バタンと勢いよく扉を閉めた。

そのまま、震える手で鍵をかけ、扉の前で大きく息をつく。

その蒼褪《あおざ》め方といったら、尋常ではない。

いったい、何があったのか。

訳がわからずにいるシモンが、答えを求めてついアシュレイを見るが、アシュレイにもわからなかったらしく、小さく両手を広げる。

それから、皮肉げに言った。

「なんであれ、招かれざる客の到来だな。俺としては、お前こそ追い出してほしかったが」

それで、シモンも険呑な表情になって言い返した。

「招かれざる客は、貴方《あなた》でしょう、アシュレイ。他人の家に勝手に上がり込んだりして、不法侵入で訴えますよ？」

「好きにしろ」

本当にどうでもよさそうに言ったアシュレイが、気になる様子でユウリのほうに視線を流した。つられて視線を移したシモンが、ついでにユウリに手を伸ばし、華奢《きゃしゃ》な身体を引き寄せながら尋ねる。

「――で、ユウリ。これは、いったいどういうことだい？」

だが、シモンの胸に手をついて顔をあげたユウリは、ゆっくり首を横に振ると、すがるように言った。

「ごめん、シモン、説明している時間はないみたいだ」

その言葉を裏づけるように、ふいにドアノブがガチャガチャと鳴らされる。

誰かが、中に入ろうとしているらしい。

眉をひそめたシモンが、ユウリの頭越しに覗き窓から外を見るが、そこに人の姿はなかった。

「――誰もいない？」

珍しく困惑した声で、シモンが呟く。

だが、それにもかかわらず、ドアノブは、相変わらず、うるさいくらいに鳴らされている。

「いったい、これは……？」

戸惑うシモンの背後で、その様子を見ていたアシュレイが、ユウリに訊いた。

「もしかして、ついに、奴らがここまで来たんだな？」

「はい」

ドアの脇に寄りかかったユウリが上を向いて答えてから、アシュレイに視線を移して告げる。

「だから、急がないと――」

緊迫した表情のユウリとは対照的に、小さく口笛を吹いたアシュレイが、いとも楽しげに言った。

「それは、おもしろくなってきた」

4

壁から身体を離したユウリが、部屋の奥に向かいながら、アシュレイに警告する。

「楽しんでいる場合ではないですよ、アシュレイ。急いで、この部屋のどこかに隠された指輪の片割れを見つけ出さないと、間に合わなくなります」

だが、慌てて目の前を通り過ぎようとしたユウリの腕を摑んだシモンが、流れを止めるように「だから、ユウリ」と若干焦《じ》れったそうに問い質す。

「どういうことだか、説明してくれないか」

「──ああ、ごめん、シモン」

腕を摑んでいる手に触り、ユウリがシモンに謝る。

「説明したくても、今は、本当に時間がないんだ」

その間も、ガチャガチャと鳴り続けるドアノブにチラッと視線を流し、ユウリはお願いするように続けた。

「あとで、全部話すから」

頼むから、手を放してくれというユウリの願いは伝わったものの、シモンとしては、ここで、そう簡単に引くわけにはいかなかった。そうするには、ユウリは、いつだって無謀すぎるからだ。

「だけど、話してくれないことには、協力したくても協力のしようがない」

するとユウリではなく、二人のことを見ていたアシュレイが、「はっ」と皮肉げに声をあげ、「だったら」と冷たく応じる。

「わがままを言わずに、そのへんでおとなしく見ていろ。言っておくが、誰も、お前に来てくれと頼んだわけじゃない。それに、そもそも、お前が話に乗り損なったのは、俺たちが苦労している間、晩餐会でたらふくうまいものを食っていたせいだろうが。いわば、自業自得だ」

「――――」

シモンが、珍しく反論できずにいると、「もっとも」と得意げな様子で、アシュレイが追い打ちをかける。

「お前には、高尚な学問の追究より、豪華絢爛《ごうかけんらん》な食事に囲まれて権力者を相手に愛嬌《あいきょう》を振りまいているほうが似合っている。天分だな。――ということで、心躍《こころおど》る知的冒険は、俺とユウリに任せて、お前はお前の世界で楽しめ」

「……何が知的冒険なんだか」

痛いところを突かれたとはいえ、黙っているのは我慢のならなかったシモンが、そう言い返した時だ。

グラグラッと。

前触れもなく、部屋が大きく揺れた。

下から突き上げられるというよりかは、巨大な手で揺さぶられた感じである。

ふっ飛ばされかけたユウリを、とっさに腕の中に庇《かば》ったシモンが、そのままの体勢で背中から壁に激突する。

「シモン！」

「大丈夫」

慌てたユウリであるが、日頃から鍛《きた》えているシモンは、さほどダメージを受けた様子もなく、ユウリを抱きしめたまま、あたりの様子を窺う。

「それより、今のは？」

答えたのは、アシュレイだ。

「俺たちが、相手にしているものだよ」

さすが、とっさにバランスを取ってその場に踏み留まった彼ではあったが、その表情は険しい。

先ほどより若干緊迫した声で、「たしかに」と認める。

「遊んでいる暇はなさそうだ」

「だから、そう言っているじゃないですか」

ユウリが文句を言う背後で、シモンが諦めきれずに問いかける。

「で、その『相手にしているもの』とは、誰なんです？」

シモンの腕の中で身体を起こしたユウリが、手短に教えた。

「ジュヌヴィエーヌ・ルブラが契約した悪魔とその従者に成り下がった彼女の母親だと思う。二人は、契約どおり、ジュヌヴィエーヌの産んだ双子のうち、死産だった子供の魂を手に入れようと必死なんだ。——でも、その魂は、女神の加護を受けた白魔術師の助けを受けたジュヌヴィエーヌの手で、指輪に託され、この部屋のどこかに隠された」

「それを、捜そうとしている？」

「うん。——それを見つけて、僕が持っているこの指輪と一つにできれば、そのかわいそうな魂は、悪魔の手に落ちずにすむから」

「——なるほど」

短くとも、それだけでおおかたのことを把握したシモンが、「それで」と尋ねる。

「君は、それが、どこにあると思うんだい？」

「それが、さっぱりわからなくて。——でも、絶対に、この部屋のどこかにあるはずなんだ」

考え込みながら相槌《あいづち》を打ったシモンが、「それなら、アシュレイは？」と問う。

「貴方のその偉大なる頭脳をもってしても、まだわからないのですか？」

アシュレイが小さく肩をすくめた。

どうやら、まだ考え中であるらしい。

その時、ふたたび部屋がグラリと揺れる。

ユウリの身体を支えながら壁に手を突いたシモンが、その衝撃でふとあることを思いつく。

「アシュレイ。フランスで『ミモザ』と呼ばれるあの黄色い花の咲く木は、正確にはアカシアの一種です」

「アカシア——？」

繰り返したアシュレイには、それだけで十分だったようである。

「なるほど、アカシアか。魂をかける樹《き》だな」

「ええ」

ユウリを間に挟み、束《つか》の間《ま》、視線を合わせたアシュレイとシモンが、同時に、廊下《ろうか》を駆け出した。

遅れて、シモンに引っぱられたユウリが続く。

「どういうこと？」

走りながらユウリがシモンに訊くと、シモンが簡潔に説明してくれる。

「アカシアにまつわる伝説だよ。仲のいい兄弟であったアンプとバタだけど、バタに横恋慕して失敗したアンプの妻が、夫にバタに言い寄られたと嘘の証言をしたため、バタは、怒った兄に殺されそうになってしまう。そこで、身の潔白を証明するために、彼は自分の魂をアカシアの樹のてっぺんにかけるんだ。そして、その樹が伐《き》り倒《たお》されることになったら、魂を捜してほしいと頼む。そうでないと、本当に死んでしまうと言って」

「そっか。——だから、魂をかける樹なんだね？」

ユウリが納得した時だ。

背後で、玄関の扉がバタンと開いた。

何度かの揺れで蝶番《ちょうつがい》が緩み、外からの圧力に耐えられなくなったのだろう。

振り返ると、身体の半分を赤い煙と黒い煙に変えた赤毛の大男と黒衣の女が、流れるような速さでこちらに向かってくるのが見えた。

「アシュレイ！　早く！」

急《せ》き立《た》てられ、アシュレイが、迷路の絵が描かれた扉を開けて寝室へと飛び込む。それに続こうとしたシモンとユウリの背後に、赤毛の大男と黒衣の女が迫っていた。

「——危ない、ユウリ！」

とっさにユウリを庇ったシモンの背後に二色の風が躍りかかったが、接触する寸前、彼らの間に、何か大きなものが飛び込み、赤と黒の疾風をはねのけた。

ドスン、と。

音をたてて床に降り立ったものを、振り返ったシモンとユウリは、驚きの目で見る。

それは、ガラスの目を光らせた、一頭のライオンだった。間違いなく、玄関脇にいた剝製のライオンだ。

それが、何かによって息を吹き込まれ、魔の侵入を防いでいる。

「――どういうことだ?」

シモンは、信じがたいものを見たように澄んだ水色の瞳を見開いていたが、もともと、あれが一種の守り神の役目を果たしているのではないかと考えていたユウリは、その場をライオンに任せると、自分は寝室へと駆け込んだ。

「アシュレイ、ありましたか?」

寝室では、アシュレイが、ミモザの描かれた壁を調べているところだったが、ユウリが踏み込んだ時、ちょうど、コンコンという音の高さが変わったため、アシュレイが手を止めて、慎重に壁を検分した。

「ここだ」

言うなり、ポケットから折りたたみ式のアーミーナイフを取り出し、ビリビリと壁紙を破り始める。

壁紙が取り去られると、コンクリートが剝《む》き出《だ》しになった壁の一部に、正方形のへこみが見えた。

そこに、小箱が置かれている。

「あったぞ」

小箱を摑んだアシュレイが蓋を開けながら、ユウリのほうに差し出す。中には、ユウリの指にあるのと瓜二つ《うりふた》の指輪が入っていた。ただし、彼らの予想通り、平らな側面に書かれた文言が違うのと、もう一つ、ベゼルの内側に描かれた絵が異なっている。ユウリが持っていたほうには、生者を表す「燃えるハート」があったのに対し、こちらの指輪には、死者を暗示するものとして、棺に入った骸骨《がいこつ》が描かれていた。

「見つけた——」

呟いたユウリが、間を置かずに、それを手に取って大急ぎで唱える。

「火の精霊《サラマンドラ》、水の精霊《ウンディーネ》、風の精霊《シルフィード》、土の精霊《コボルト》。四元の大いなる力をもって、我を守り、願いを聞き入れたまえ」

すると、部屋の四方から漂い出てきた白い光が、ふわふわと上下に揺れ動きながらユウリのほうに寄ってきた。ただし、今回は、それを遊ばせる余裕すらないため、ユウリは即座に片方の指輪にもう一つの指輪をはめ込みながら続けた。

「二つに分かれしものが、百年の時を経て、今、ふたたび一つになるのを助けたまえ。それとともに、契約に縛られしものを魔の手より救い、魂に安らぎを与えたまえ」

高らかに請願を述べたユウリが、指輪を手にした両手をあげて、請願の成就を神に願おうとした時だ。

シュウウッと。

ライオンの防御をすり抜けてきた赤毛の大男が、無防備でいるユウリに向かって一直線に飛んできた。

「ユウリ！」

叫んだシモンがあとを追うが、間に合わない。

瞬時に動いたアシュレイですら、魔物のスピードには敵《かな》わず、一陣の風となった赤毛の大男がユウリに襲いかかる。

ユウリの身体が、赤黒い邪悪な風に埋もれようとした、まさにその時。

部屋を過った小さな影が、ストンとユウリの前に降り立ち、その小さな身体で「シャーッ」と威嚇の声をあげた。

とたん。

赤黒い風が分散し、一時撤退する。

その間にも、ユウリは、怯《ひる》むことなく請願の成就を口にしていた。

「母の切なる願いをもって、子が背負った災いを退けよ。アダ　ギボル　レオラム　アドナイ――」

叫んだ瞬間。

手の中の指輪に、四方から集まった白い光が一気に流れ込む。

わずかに遅れて、赤毛の大男と黒衣の女、その二色の風が渦を巻いてふたたびユウリに襲いかかったが、今度は、指輪の放った光に跳ね飛ばされ、雲散霧消《うんさんむしょう》する。

ピカッと。

目の前を真っ白に染め上げるほどの閃光《せんこう》が、あたりを包み込む。

同時に、天上から射《さ》し込《こ》んだ白い筋が、指輪から飛び出した白い輝きを導くように天高く伸び、ようやく一つに戻った魂を天の門へと連れ去った。

と――。

光の筋が消えた部屋に、金属的な悲鳴が響きわたった。

百年の時を経て魂を取り損なった悪魔の憤怒《ふんぬ》の叫びである。

そのあまりのすさまじさに、思わず、耳をふさいでしゃがみ込みたくなった。

だが、ユウリの足下にいた猫が、ふたたび「シャーッ」と威嚇の声をあげると、それは悔しさをにじませたまま、煙のように壁をすり抜け、どこかへと消え去った。

次の獲物を見つけるまで、ふたたびあてどない旅にでも出たのだろう。

やがて、静かになった寝室で安堵の息を吐いたユウリが、足下の猫を覗き込み、喉を撫でてやりながらお礼を言う。

「ありがとう。また助けられたね」

するとき、「どういたしまして」と返すように「ニャア」と鳴いた猫が、床に転がっていた指輪をくわえて、サッと身を翻した。

そのまま、寝室を出ていき、見えなくなる。

一連の流れを見ていたアシュレイが、猫が消えたところで、訊く。

「今のが、ディアナか?」

「はい。ディアナです」

ユウリが認めると、鼻で笑ったアシュレイが、「さすが」と言う。

「百年も生きていると、猫も神経が図太くなる」

「――百年?」

そのおかしな表現を聞き逃さなかったシモンが不審げに訊き返すと、「だから、シモン」とユウリがシモンの腕に手をかけて言う。

「話し出すと長くなるので、帰ってからゆっくり説明するよ」

終章

翌週。

ミモザの咲き誇るコートダジュールにやってきたシモンとユウリは、カップ・フェラにあるベルジュ家の別荘で、なんとも豪華で優雅な週末を過ごしていた。

半島の一角に広大な面積を持つベルジュ家の別荘からは、庭のプールの向こうに青い地中海が一望できる。しかも、ロンドンやパリに比べて気温も高く、そこは、まさに地上の楽園と言って差《さ》し支《つか》えない場所だった。

海を望むテラスに座ってお茶を飲むユウリに、スマートフォンでの電話を終えたシモンが言う。

「ロウからだったよ」

「ホント？」

意外だったユウリが、訊《き》き返す。

「彼、なんだって？」

「結果に大満足だそうだ」

「なら、よかった」

　あの夜、あの部屋でどんなことがあったか知らないロウは、翌日、ユウリと一緒にとても上機嫌《じょうきげん》でロンドンへと帰っていった。

　もちろん、荒らされた部屋の弁償は、すべてベルジュ家が行ったので、ロウの家に負担はいっさいかかっていない。それでも、腕のいいベルジュ家のエージェントは、遺産をうまく売りさばき、かなりの利益をあげていた。

　ただ、壊されたライオンの剝製《はくせい》だけは、腕のいい職人に修復してもらい、現在はガラスの代わりに宝石をはめ込んだ瞳《ひとみ》で、ロワールの城の番人を務めているという。

　また、ユウリはユウリで、失われた指輪の代わりに、コートダジュールにあったライオンの置物をもらうことにして、それを庭の花壇に飾った。

　万事めでたしであったが、ユウリには、一つ、気になっていることがある。

　そこで、ソファーに落ち着いたシモンがカフェオレのカップに手を伸ばしたのを機に、話を切り出す。

「そういえば、シモン」

「なんだい？」

「アンリに聞いたんだけど――」

とたん、シモンが水色の瞳をすがめて、不満そうな顔をする。

「もしかして、事故のこと？」

「うん。あわや、大惨事になりかけたって」

「――よけいなことを」

フォーダム家に居候《いそうろう》をしているアンリには、ユウリには黙っておくように言っておいたのだが、どうやら、人の口に戸は立てられないらしい。

ユウリが、アンリを庇《かば》う。

「アンリが悪いわけではないよ。みんな、なぜ、シモンが事故を起こしかけたのか、心配していたんだ。――シモン、急いでいた理由を、誰にも話さなかったみたいだし」

すると、肩をすくめたシモンが、「当たり前だよ」と応じる。

「誰だって、剝製のライオンが動き出すような珍事が起こりそうなので、急いでいましたとは言えない。そんなことを言おうものなら、それこそ、ベルジュ家の後継ぎは、ついにおかしくなったと神経を疑われてしまうからね。――それに」

シモンは、片手を翻《ひるがえ》して続けた。

「あれは、僕の運転ミスではなく、信号が青になるのを待たずに発進した相手の車がいけなかったんだ。しかも、僕はきちんと避けて何ごともなくすんだのに、相手のほうが、信号無視をした挙げ句、急ブレーキをかけて、そのまま制御を失い勝手に電柱にぶつかってしまったのだから、迷惑千万だよ」

事故の状況を簡潔に説明したシモンが、「――結局」と続ける。

「そのせいで、あのアパルトマンに駆けつけるのが、かなり遅くなった」

「そんなの」

ユウリが、真剣な眼差《まなざ》しで告げる。

「僕のことなんてどうでもいいから、次からは、絶対に安全運転を心がけてほしい」

「いや」

シモンが、ヒラヒラと手を振って言い返す。

「それは、無理な注文というものだよ、ユウリ。こっちは、君と音信不通になるたびに、気が気ではないんだ。だから、もし、本当に僕に急いでほしくないなら、ユウリこそ、あまり無謀なことをしないでくれないかい?」

「もちろん、それは気をつけるけど……」

あまり保証はできないと言いたそうなユウリの前髪に手を伸ばし、それを軽く払ってから、シモンが「でなければ、せめて」と妥協する。

「アシュレイに携帯電話を使わせるのだけは、勘弁してくれ。――あれ、すごく腹が立つんだ」

シモンの正直な感想に、小さく笑ったユウリが頷《うなず》く。

「わかった。これからは、死守するようにがんばる」

だが、それはそれで、危険かもしれないと思ったシモンは、カフェオレの入ったカップを手に取ると、海の彼方《かなた》に視線をやりながら応じた。

「まあ、お互い、ほどほどに――」

「そうだね」

そんな彼らの目の前には、南仏の鮮やかな景色が広がっていた。

あとがき

昨日、今日は、真夏にしては涼しく、過ごしやすい気候でしたが、先ほど見た天気予報で、来週は関西のほうで三十七度を記録する暑さになると言っていたので、この涼しさも今日までなのでしょうか。台風五号の動きも気になるところですが、みなさまはいかがお過ごしでしょうか。

こんにちは、篠原《しのはら》美季《みき》です。

さて、まず半年のブランクがあるのですが、サイン会のお礼です。

前回刊行したのが新シリーズであったため、サイン会については、やはり「妖異譚」シリーズのあとがきでしようと考え、少々間の抜けた挨拶《あいさつ》となってしまいましたが、この場を借りて改めて御礼申し上げます。

当日は、遠方からも駆けつけていただけるなど「妖異譚」の世界を愛してくださっている方々に囲まれ、幸せな時間を過ごすことができました。ありがとうございます。

足をお運びくださっただけで十分なのに、たくさんの差し入れも頂戴《ちょうだい》しました。

中でも精度の高さに驚いたアシュレイの切り絵は、いつでも見える場所に飾ってありますし、また「妖異譚」を書く際は必ず、いただいたメイン・キャラクターの描かれたマグカップを使っています。

他にも、たくさんのお花はほぼ毎日水を替え、最後の一葉が消え去るまで一月以上楽しみましたし、お茶やお菓子も創作の糧《かて》とさせていただき、癒《い》やしグッズは、疲れた時に使わせていただきました。

重ね重ね、ありがとうございます。

もちろん、当日都合がつかずにお会いできなかった方々にも、変わらぬ感謝を捧げたいと思います。いつか、どこかでお会いできたらいいですね。

ということで、ここからは『百年の秘密　欧州妖異譚16』についてです。

今回は、咲き誇るミモザを裏テーマに、百年の間、閉ざされていた部屋の秘密を追っていく物語です。その割に、いつまで経っても部屋が出てこないと思われる方もいらっしゃると思いますが、ご安心を。必ず出てきます（当たり前か）。

そして、舞台がフランスであるだけに、シモンの活躍が目立ちます。思うに、シモンらしいかっこよさが戻ってきた感じでしょうか。ナタリーとの絡《から》みも相変わらずで、書いていてとても楽しめた回でした。な～んて、いつだって楽しんでいるんですけど、まあ、いつも以上にということです。

あと、今回、特筆すべき登場人物として、以前、「セント・ラファエロ妖異譚」に出てきた「アルフレッド寮《ハウス》の占い師」のアルフレッド・ロウがいます。彼は実にふつうで、そのふつうさが、ものすごく良かった。それくらい、ふつうでない人たちであふれ返っているということなのでしょうけど、なにはともあれ、彼のおかげで、いつもとはひと味違った「妖異譚」の世界をお届けできたのではないでしょうか。

ということで、物語を作るにあたり参考にした本をここにあげておきます。

・『迷宮学入門』　和泉雅人著　講談社現代新書
・『花の神話』　秦寛博編著　新紀元社

最後になりましたが、今回も凄まじい日程の中で素敵なイラストを描いてくださったかわい千草《ちぐさ》先生、またこの本を手に取ってくださった方々に多大なる感謝を捧げます。

では、次回作でお会いできることを祈って――。

涼しいのか、蒸し暑いのか、わからない夏の夕べに

篠原美季　拝

『百年の秘密　欧州妖異譚16』、いかがでしたか？
篠原美季《しのはらみき》先生、イラストのかわい千草《ちぐさ》先生への、みなさまのお便りをお待ちしております。
篠原美季先生のファンレターのあて先
〒112-8001　東京都文京区音羽2-12-21　講談社　文芸第三出版部「篠原美季先生」係
かわい千草先生のファンレターのあて先
〒112-8001　東京都文京区音羽2-12-21　講談社　文芸第三出版部「かわい千草先生」係

N.D.C.913　255p　15cm

篠原美季（しのはら・みき）　講談社X文庫
４月９日生まれ、B型。横浜市在住。
「健全な精神は健全な肉体に宿る」と信じ、
せっせとスポーツジムに通っている。
また、翻訳家の柴田《しばた》元幸《もとゆき》氏に心酔中。

white heart

百年《ひゃくねん》の秘密《ひみつ》　欧州妖異譚《おうしゅうよういたん》16

篠原美季《しのはらみき》

●

2017年９月４日　第１刷発行

定価はカバーに表示してあります。

発行者――鈴木　哲
発行所――株式会社 講談社
東京都文京区音羽2-12-21 〒112-8001
電話 編集 03-5395-3507
販売 03-5395-5817
業務 03-5395-3615
本文印刷－豊国印刷株式会社
製本―――株式会社国宝社
カバー印刷－信毎書籍印刷株式会社
本文データ制作－講談社デジタル製作
デザイン－山口　馨

ISBN978-4-06-286962-1